膝をたて、かかとでシーツを蹴って逃れようとするのに、滑らかな絹地を捉えきれない。
くねらせ、甘い苦悶から逃れようと泳ぐ腰は、すぐさまヴィンセントによって捕まえられる。
「ひあっっ……!」
はち切れんばかりに膨らんだ乳房に歯をたてられる。

軍人公爵のかわいい花嫁

身代わりですが、初夜からとろ甘に愛されてます!

華藤りえ

Illustration
yos

gabriella

軍人公爵のかわいい花嫁 身代わりですが、初夜からとろ甘に愛されてます!

contents

gabriella

イラスト／ｙｏｓ

身代わりですが、初夜からとろ甘に愛されてます！

軍人公爵のかわいい花嫁

第一章　身代わりの花嫁は姫君の侍女

金額と明細を読み上げる声が、ガスタラ公城の大広間に響く。

「エメラルド、ルビー、黄金でできた七宝細工《しっぽうざいく》のペンダント。ドレス用の緞子《どんす》織りが荷馬車二台分。舞踏会用の仮面。……靴、百足。絹のストッキングはそれ以上」

ガスタラ公爵に仕える事務官は、そこで言葉を切って眼鏡《めがね》を持ち上げる。

すると、事務官の手にある帳簿を見ていた男たちが、溜息《ためいき》と共にアンナを見た。

立場も体格も上、父どころか、どうかしたら祖父ほど年齢差がある彼らににらまれ、アンナは肩をすくめる。

――いたたまれない。

灰色の地味なドレスを握りしめる。

さっきもこうしたはずなのに、もう手汗が浮いている。

こんなに緊張したことなんて、初めてだ。

ごくりと唾を呑《の》むと、トドメを刺すように事務官が告げる。

「ここまでで、締めて五万デュカート」

記されているおびただしい装飾品の一覧、その合計金額にどよめきが広がった。

「まったく、理解できませんな」

よくぞこれだけ無駄遣いできたものだと、居並ぶ男性たちが呆《あき》れ囁《ささや》き合う。

「かつての主《あるじ》でありながら、従《じゅう》である我が国への借金を返さず、これほどの浪費をするとは……情けない」

「しかも国王陛下ではなく、その姉姫一人が使ったものですぞ」

ざわつく声に包囲され、ばくばくと心臓が鳴る。

いたたまれない。本当に、男たちの言う通りだ。

（軍隊を借りておいて、その代金も払わず、遊びにお金をつぎ込んでいたなんて、貸した国からすれば、怒るのも当たり前……）

こんなことになるのなら、もっと節約してもらえるよう、女主人の説得に力を入れるべきだった。

新しい布地を見てはドレスにしたい、隣国で変わった意匠の装飾品が流行《はや》れば取り寄せをと、物欲に際限のない女主人。彼女の顔が脳裏にちらつく。

今までも、予算には限りがあるのです、と口を酸っぱくしてきたけれど、一向に聞いてもらえなかった。

もっと必死になっていれば――、上手《うま》い言い回しができていれば――と悔やまれる。

事務官が読み上げた、ドレスや宝石類の一覧。

それらはすべて、アンナの主かつ、フェラーナ王国のアンネッタ姫が、ここ一年で購入したものだ。

「他に、まだ続いているが……。服ではないのか」

事務官の手元をのぞき込んでいた、白髪の男性が首を捻《ひね》る。

また明細を読み上げようとした事務官を制し、アンナは口を開く。

「姫君が主催された舞踏会費、および、フェラーナ王国からガスタラ公国までの道中の食事、立ち寄った貴族への返礼とする美術品に二万。昨年で、七万デュカートを計上しております」

じわじわと首を絞められるよりは、自分から白状したほうがいい。

一瞬、女主人に対する裏切りかとためらったが、自分は財務を管理する侍女なのだ。

帳簿の内容を答えるのに、後ろめたいと感じる今がおかしい。

よそよそしい態度だった事務官が、そろばんを弾《はじ》く手を止め、感心したように付け足す。

「確かに、七万。……暗算がお早い」

だが、他の男たち――ガスタラ公国の重鎮たちまでもが、心証をよくする理由にはならない。

「七万デュカート」

非難がましい舌打ちがアンナの耳に届く。

注がれる視線は針のように鋭く、ちくちくと肌に突き刺さるようだ。

うなだれ足元を見つめていると、まとめ役だろう老大臣が忌々《いまいま》しげにつぶやいた。

「借金を返さず、その借金以上に浪費しただけでも呆れますが、その上……」

はーっ、とわざとらしげな溜息が落とされ、老人は締めくくる。

「借金の肩代わりに嫁ぐと言った王女が逃亡したなど、まるでありえませんな！」


アンナはフェラーナ王国の宮廷侍女だ。

と言っても、身なりを整えたり、化粧を手伝ったりする高級侍女ではない。

皿を洗ったり、洗濯物をしたりという下働き侍女でもない。

アンナの仕事は、主人であるアンネッタ姫の財布係――つまり財務侍女だった。

華やかに着飾った貴族令嬢が、入れ替わり立ち替わり、挨拶やお茶へ訪れる姫の部屋。

その屋根裏で、手紙の代筆を行う老女と肩を並べ、なんとか姫の衝動買いを予算内に収めようと、業者との交渉や、帳簿確認で終わる日々。

会う相手と言えば、ねずみか、出入り商人か、王と姫の無駄遣いに胃を痛ませる財務官か。

若い男性貴族と出会い恋するどころか、日光も目にしない日がある。

そんな役割の侍女が居ることすら知られていないし、予算を超えますと進言するたびに、仕えるアンネッタ姫からにらまれ、物を投げられる不条理さだが、仕事を辞める気はない。

いや、辞められないのだ。

幼い頃に父が事故で死亡し、頼るべき身寄りもない。

母はなけなしの財産を処分し、アンナと修道院で暮らし始めた。

が、アンナが十六歳になる直前に、病弱だった母は他界。

身分こそ伯爵令嬢だが、領地もなく、後見人もないとくれば、嫁にと声もかからない。

生前に母が親友に頼んだおかげで、なんとかフェラーナ王宮の侍女になれたが、お金がない。

衣食住は保証されているが、賃金というものがほとんどないのだ。

王宮から出て、街で帳簿屋として独り立ちしようにも、先立つものもない状況である。

仮に貯蓄があったとしても、十八歳の小娘が勤められるところなど限られている。

現実的に考えれば、王宮で働く合間に結婚相手——貴族でなければ嫌だとか、玉《たま》の輿《こし》だとかの贅沢《ぜいたく》は言わない。人柄や性格が合うのであれば、出入りする商家の次男でもいい——を見つけ、落ち着くのが妥当だろう。

しかし仕事に励み過ぎているせいなのか、アンナが人見知りであるためか、年頃なのに、色めいた話は一つもなかった。

見た目が地味過ぎる……というのも、あるかもしれない。

顔立ちの善《よ》し悪《あ》しはわからない。が、アンナはともかく色が薄かった。

周囲の色を映すほど彩《いろどり》がない銀髪。菫色《すみれいろ》の瞳。

日中は窓一つない裏部屋で過ごすためか、白い肌は健康的とは言いがたい。

ついでに裏方の侍女へ支給されるドレスは、灰色か茶色の古くさい型のものばかり。

全体的に淡い色合いの容姿に、沈んだ色調のドレスを着ていては、どうしても目立たない。

せめて髪飾りに宝石でもあればいいが、持ち合わせている装飾品は、子どもの頃に、母の友人が贈ってくれたリボンと、母の形見である、七宝焼のペンダントぐらいだ。

外交官や他国の王族などの目に触れることも多い、姫の側近たる高級侍女なら着飾ることも仕事と言えるが、裏方の事務員におしゃれは必要ない。というところか。

そもそも、国の財政自体がかなり厳しい。

つい四十五年ほど前までは、フェラーナ王国は非常に豊かで、賢く人望のある君主に恵まれ、末永く繁栄すると思われていた。

しかし大陸中に伝染病が蔓延《まんえん》し、事前の予測とは異なる形で、王室の世代交代が進んだのを切っ掛けに、国の未来が大きく変わる。

次代の王として教育されていた王太子一家が、伝染病――黒死病《こくしびょう》と呼ばれる致死性の病に見舞われ、全滅したのを切っ掛けに、その弟王子や王の叔父などの王位継承者が次々に倒れた。

生き残ったのは王太子の異母弟かつ、十番目の王子で、どうせ玉座に就くことはあるまいと、わがまま放題に育てられていた。

当然、政治や経済など、王として理解しているおくべき素養はなく、ただただ、舞い込んできた富と権力に酔い、我が世の春を楽しんだ。

それが一人だけで終わったなら、フェラーナ王国も落ちぶれなかっただろう。

だが残念なことに、以降、目先の贅沢や美食を楽しむフェラーナ王が続き、豊かだった国の金庫はすっかり空っぽに。

そんな折、戦《いくさ》を仕掛けても反撃する余裕があるまい、と踏んだ隣国がフェラーナを攻めた。軍を差し向けられ、驚いたフェラーナ王は、別の隣国であるガスタラ公国に助けを求めた。

ガスタラは、元はフェラーナの公爵が、領地を独立させた国。

かつての君主から泣きつかれ、ガスタラ公国の君主公爵ヴィンセント・トレッリは、軍を貸す代金として、五万デュカート支払うことを、フェラーナ王マウロに約束させ、自らが兵を率いて戦場に立った。

元々、傭兵《ようへい》や警備で財をなした一族とあって、ガスタラ公爵が戦場に姿を現して数日で、敵は国境の外へ追い払われた。

しかし喉元過ぎればなんとやら。数ヶ月経《た》っても、フェラーナ王は代金を支払わない。

いつかいつかと引き延ばし、やがて一年が経過し、ガスタラ公爵ヴィンセントは、ついに最後通牒《つうちょう》をつきつける。

かつて仕えた主従のよしみ。一年待ってやったが、これ以上は猶予《ゆうよ》ならない。

金を払うか戦争か。

端的かつ明快な脅しだが、ない金は払えない。そこで、フェラーナ王マウロは、姉王女のアンネッタ姫を、公爵の花嫁にと打診した。

――親族であれば、借金もなしにできると考えたのかもしれない。

ともかく、姉王女を花嫁として強引に押し付ける一方で、花嫁となる予定の姫には「ガスタラ公爵が、戦勝祝いに大変豪勢な舞踏会を開催するそうなので、王の代理として出席してほしい」と嘘《うそ》で騙《だま》し、城から送り出す。

が、嘘はすぐにばれる。

物見遊山気分でガスタラ公国へ向かっていたアンネッタ姫は、途中に寄った貴族の館《やかた》で、弟王の嘘と、ガスタラ公爵ヴィンセントに関する噂《うわさ》を聞いて憤慨。

夜更け過ぎに、お気に入りの侍女を連れ、宝石などを山と積んだ馬車で修道院へ逃げ込んだ。

その際、足手まといになる老侍女や、口うるさい家庭教師など、以前から嫌っていた女たちと兵士は、眠り薬を盛って置き去りにした。

そしてその中に、アンナも含まれていたという訳だ。

（頭が痛い）

アンナたちを置き去りに、アンネッタ姫が逃げたと気づいた時、それは驚いた。

が、残された侍女たちのほとんどが、下級貴族か商家の娘ばかり。

贅沢やわがままとは無縁だが、生き残る術《すべ》や問題解決とは仲よしだ。

すぐに馬を調達し、地図を見て姫を追いかけるが、三時間ほど前に、姫は修道院の中へ。

修道院の中は神の家として保護されており、俗世の事情は考慮されない。

つまり、自発的にアンネッタ姫が出てこない限り、王や公爵であろうが手出し不可能な状況。

このまま行けば、政略結婚は失敗になる。それは外交問題だ。

当事者である姫がしたことだから、ではすまない。下手《へた》をすれば戦争になる。

必死になって、アンネッタに向かって出てきてくれるよう願う。

ともかく一度でいい、と、ガスタラ公爵か弟のフェラーナ王と会ってくれるよう頼み込むが、まったく聞き入れてもらえない。

最悪なことに、修道院の長《おさ》はアンネッタの大叔母で、寄付にかこつけ金を受け取り、嬉々《きき》として、警備兵にアンナたちを追い払わせた。

それでも諦めず、閉ざされた門扉越しに、連日わあわあやり合っていたところ、今度はガスタラ公爵の部下に取り囲まれ、事情を話せとばかりに城へ連行され——現在に至る。

「フェラーナ王国のアンネッタ姫は、借金を踏み倒しても、我が主の妻——ガスタラ公妃となるのがお嫌だったらしい」

嫌みったらしく、大臣の一人が言い放つ。

「そのような訳では……」

恐る恐る弁解するが、相手はふん、と鼻を鳴らして遮《さえぎ》った。

「では、どのような訳ですかな。この場に、アンネッタ姫が居ないというのは。……私の記憶では、ご到着予定は五日前。結婚式は明日と決まっていたはずだが」

「それは、そうなのですが……」

口を開いたり閉じたりする。上手く説明ができそうにない。

アンナとて、アンネッタが逃亡するとは、予想だにしていなかった。

ガスタラ公爵は不細工《ぶさいく》で乱暴者。ついでに、人殺しが好きな戦争屋。

そんな悪い噂を真に受け、結婚させられると聞いた途端に、逃げ出すなんて。

予想できるはずがない。

(美男子で、王で、声もよい男じゃないと嫌だと、弟王陛下や臣下が持ってきた縁談を、片っ端から蹴りつけていたけれど)

それでも一国の姫なのだ。王族の責務と腹をくくり、いずれ政略結婚を受け入れるだろう。

——なんて、期待したのが馬鹿だった。

結果は、国同士の外交がこじれることも考えず、噂を鵜呑《うの》みにして大逃亡、おまけに修道院長を買収して籠城《ろうじょう》作戦だ。

アンネッタ姫を修道院から引きずり出し、無理矢理結婚に臨ませたところで、今更だ。花嫁衣装を引き裂き、仮病や自殺を装って騒ぎを起こし、ガスタラ公爵や臣下の心証をますます悪くするだけなのが、もう目に見えている。

(どうすれば、いいのか)

考えるけれど、なにも浮かばない。

一介の財務侍女に過ぎぬアンナに、解決方法を出せというのが無茶《むちゃ》なのだ。

しかし置き去りにされたのは、アンナと数人の老侍女、後は下働きや兵ばかり。

誰かが説明しなければならない。そんな状況になれば、自然、地位が高い者が選ばれる。

そして、残された者たちの中に、伯爵令嬢であるアンナより、上の身分の者は居なかった。

(伯爵家と言っても……家も土地も、とっくに処分しているのに)

心の中だけで溜息を落とす。

事務の侍女で、男爵令嬢より上の身分の娘は稀《まれ》だ。

それもあって、アンナはガスタラ公国の重臣たちに完全に誤解された。

曰《いわ》く。伯爵令嬢ならば裏方ではなく、姫の側近である高級侍女だ。と。

説明のために残されたのだろうと詰め寄られ、他の侍女たちから引き離された。

謁見《えっけん》の間までの道すがらで、アンナが管理していた帳簿も取り上げられた。

大広間に通され、腕を組んだ男たちに囲まれる中、事務官の手で浪費の記録が暴かれたのはつい先ほど。

内容を聞いた男たちはいよいよ感情的になり、アンナがまるでアンネッタ姫そのもののようににらみだした。

とんだとばっちりだ。

しかし財布役として、浪費を抑えきれなかった後ろめたさもあって、泣くことも、責任逃れの言い訳もできずに居た。

黙り込むアンナに痺《しび》れを切らしたのか、一際厳《いか》つい顔をした男性貴族が唸《うな》る。

「我が公国の兵を借り敵を追い払ったのに、対価を払う段階になって逃げてばかり。あげく、金はない。工面する。その担保として姉姫との結婚を許す。など偉そうに言っておきながら、花嫁となる姉姫とやらは道中で逃亡。――一国の王ではなく、子どもの言い訳だ」

「これほど、我々ガスタラ公国を馬鹿にした所業もない」

「かつての君主。元は同じ血筋。先祖が世話になったからと我慢していれば、図に乗って……。これは、戦争しても構わぬということか！」

黒の軍服を着た壮年の男性が吠《ほ》え、アンナの恐怖と緊張が頂点に達する。

あっ、と声を上げた瞬間、膝が崩れ、がくりと身体が仰《の》け反《ぞ》りかしぐ。

石床に叩《たた》きつけられる痛みを覚悟した。

その時、石床を蹴る音が一際高く響き、ついで、力強い腕が背後から腰に回された。

けれど完全に重心を失っていたアンナの身体は、わずかに勢いを殺すことしかできない。

咄嗟《とっさ》に身体を捻《ひね》り、自分を支えた腕に無意識にすがる。

ドレスの裾がふわりと拡《ひろ》がり、その真ん中に腰を落とす形で座り込むと、支えてくれた男性が、安堵《あんど》を示すように息をこぼした。

「申し訳ございません、あの……」

お礼を口にしつつ相手を見上げたアンナの目に、男性の顔が映る。

滑らかな肌。秀《ひい》でた額《ひたい》と真《ま》っ直《す》ぐに通る鼻梁《びりょう》。

天窓から射《さ》す光を透かし、緩やかに波打つ髪は、赤々と輝く鳶色《とびいろ》。

輪郭は美しい弧を描《えが》いており、引き締まった唇と眉が、男の凛々《りり》しさを引き立てる。

目元は涼しく、そこに影を落とす長いまつげが、なんとも言えぬ優美さと色気を醸しだしている。

瞳は炎で溶かしたルビー色の光彩に、血を煮詰めたように赤黒い瞳孔でできていた。

濃淡二つの色で作られた紅《あか》は、強い意志の力を秘め輝いていた。

身につけている服は黒の天鵞絨《ビロード》で、表面に金の細紐《ほそひも》を縫い付け、流線模様を施している。

これ見よがしに宝石や真珠《しんじゅ》を縫い付けたりはせず、赤いスカーフと、それを留める由緒ありげな黄金のブローチという装いは上品だ。

（この人は、自分を見せる方法を……印象というものを知り尽くしている）

気に呑まれ、視線を奪われたまま、頭のどこかでそう思う。

単純明快な服や小物使いだから、余計に男の麗質《れいしつ》や所作《しょさ》が引き立っている。

けれど、相手の美貌とは別の部分で惹《ひ》かれるものがあった。

具体的にどこがどうと説明はできない。

例えるならば、親の顔を覚えているから、その子どもだとわかる。といった曖昧《あいまい》なものだ。

記憶のどこをくすぐられているのか謎である。

だが、確かに知っていると感じるし、男を見ていると、森やステンドグラスのきらめきのようなものが、ちらちらと思考を刺激する。

(どこかで……?)

尋ねようと口を開きかけ、アンナは、自分が見つめていたように、相手も自分を見つめ続けていることに気づく。

初対面なのに失礼なほど相手の顔を見つめていた。

気づいた瞬間、鼓動の速さが跳ね上がった。

「し……失礼を！」

動揺し、変に語尾の上がった声で謝罪しながら、アンナはあわてて男から身を退く。

「待て」

我に返った男性が、尻で後ずさろうとするアンナに手を伸ばす。

胸元を飾っていたペンダントが跳ね、その鎖が男性の指に引っかかる。

目の前で飛ぶ七宝焼の飾りを、男が反射的に握り込んでしまい、アンナの首は男に向かって引き寄せられる。

困惑のままに息を殺していると、男は、ペンダントを見て目を大きくしていた。

「あ……の？」

ためらいがちに唇を開く。なにをそんなに見つめているのだろう。

男の手にあるペンダントは、母の形見で、うずらの卵を半分に割った形の土台に、七宝細工で女性の横顔と赤い薔薇《ばら》が描かれたものだ。

精緻だが、特別に美しいとか、大きな宝石があるという訳ではない。

どころか、服の下に隠し、肌に触れさせていたせいで、銀がところどころくすんでいる。

父方の祖母から受け継いできた大切なものだが、価値は古ぼけたペンダントでしかない。

なのに、まじまじと見られているのはなぜなのか。

戸惑いの眼差《まなざ》しを向けると、一番年嵩《としかさ》だろう老臣が怪訝《けげん》そうに顔を歪《ゆが》めた。

「公爵閣下？　いかがなされましたか？」

「えっ……公爵、閣下……とは？」

老人の声が耳に届いた瞬間、アンナは目をみはり、再度、男の顔を見る。

男は、ふ、と唇から笑みをこぼし、ペンダントを手放しながら振り返る。

「遅れてすまなかったな。アドルフォ」

一国の重臣を気易《きやす》く呼び捨てする男に、ますます焦《あせ》る。

(公爵閣下、って……公爵って……!)

ガスタラ公国で公爵と言えば、一人しか居ない。

「まさか……その、ヴィンセント・トレッリ……様、ガスタラ公爵様でしょうか」

うわずり、震える声で尋ねれば、相手はアンナの反応が面白いと言いたげに目尻を下げる。

「そうだ。私以外にガスタラ公爵が居れば、ぜひ教えてほしいものだが」

「……ッ!」

悲鳴が喉の奥に消える。そんな馬鹿なと頭の中で叫ぶ。

ガスタラ公爵ヴィンセント・トレッリと言えば、むさ苦しい熊男《くまおとこ》、ではなかったか。

アンネッタが修道院に逃げ込んだ理由。その一つは、舞踏会で遊興三昧《ゆうきようざんまい》と聞いていたのに、実は縁談だったこと。

もう一つは。

(夫となるガスタラ公が、人食い熊のような男だと聞いたから……だけど)

ごくりと喉を鳴らして唾を呑む。

フェラーナ王国のアンネッタ姫と言えば、異常な面食いで知られていた。

幼い頃から最高品質のドレスや宝石、絵画に囲まれ育ってきた彼女は、自分はもちろん、男性に対する美意識が高く、嫁ぐのであれば、まず美しく凛々しい王でなければ。と常々口にしていたほどだ。

しかし理想が高過ぎれば、当然、相手も見つからない。

なのに絶対に妥協せず、王である弟や、その家臣が持ち込む縁談を片っ端から蹴りつけては、侍女たちと舞踏会だ音楽会だと遊び暮らしていた。

今や御年二十四歳。王族としては立派な嫁《い》き遅れだ。

王女としての義務である政略結婚を受け入れず、弟のやることなすことに口を出す。

騙して嫁がせたいほど姉姫が煙たかったのか、あるいは、借金とうるさい姉を同時に始末できればいいと思ってか。

フェラーナ王マウロは、ありとあらゆるごまかしと嘘を使い、アンネッタ姫のガスタラ行きを取り付けた。

相手の国に追いやり、そこで結婚させられれば、さすがに諦めるだろう。

そう考えていたが、両国の境にある地方伯の館で、アンネッタ姫は、自分が『国王の代理で、戦勝祝賀会へ出席』するのではなく、『嫁がされる』ことを知る。

夫はガスタラ公国の君主公爵。

一国の王妃ではなく、かつての家臣国公妃の身分になる。それだけでもアンネッタ姫にとっては屈辱だが、どうしても許せなかったのが、公爵に関する噂である。

態のようにひげもじゃで、服は常に血に汚れている。

目はぎらつき、抜き身の剣を下げ大声で喚《わめ》いており、その姿は悪鬼《あっき》。

無敗の将軍として名を馳《は》せているが、美しい姫には似合わぬがさつな男だと、代替わりしたばかりの若きカラファ地方伯ジャンニが言うや否《いや》や、手にしていた扇《おうぎ》を振り、側にあった花瓶を床へ払い落とした。

後はもう言うまでもない。

『そんなけだものに姉を嫁がせようだなんて！　マウロはなにを考えているの！』と叫び、自慢の金髪を振り乱し、金切り声を上げて嫌がった。

しまいには引きつけを起こして倒れ、上を下への大騒ぎ。

その夜に出奔《しゅっぽん》し、姫は修道院へ逃げ込んだ。

なのに、噂は当てにならない。当の公爵がこんな美貌だなんて。

（アンネッタ姫も、これを知っていたら逃げたりしなかったわ）

カラファ地方伯が、ガスタラ公爵を噂でしか知らなかったか、あるいは、アンネッタ姫が知らないのをいいことに、口説き、言いくるめ、既成事実で妻に娶《めと》ろうと企《たくら》んだのか。

ともかく、アンネッタ姫がガスタラ公爵――目の前に居るヴィンセントを見ていたら、こんな事態にはならなかったはずだ。

唇を噛《か》んでうつむいていると、アンナの背を支え、前で跪《ひざまず》いていたヴィンセントが、肩越しに家臣と会話をしだす。

「どういうことだ。私が視察から戻るまで、騒ぎにするなと釘《くぎ》を刺していたはずだが」

咎《とが》めるというより、単純に確認したがっている声に、老臣たちは気まずく目を泳がす。

「アンネッタ殿下の会計帳簿が出てきたので、公爵閣下がお戻りになる前に内容を精査し、我々で把握していたほうが話も早かろうと」

「気を利かせて調べたが、思った以上に無駄遣いをされていて腹を立てたか。……アドルフォも相変わらずだな。また孫から怖いと泣かれるぞ」

ヴィンセントに笑顔でからかわれ、アドルフォと呼ばれた初老の家臣が、情けないほど眉根を下げる。

誰ともなく吹き出し、喉で笑う声が数を増していく。

幾分か空気が緩んだ大広間を見渡してから、ヴィンセントはさらに続けた。

「この騒ぎだけでも想像はつくが、している借金以上の額をドレスにでもつぎ込んでいたか」

「閣下は、先んじてご存じでいらっしゃったか」

「ああ。……我が公国の軍を傭兵《ようへい》として出した件について、料金交渉やらなにやらで、私の腹心のグイドがフェラーナ王宮に出向いただろう。その時にな」

ちらりと目の端でアンナを見て、おかしそうにヴィンセントが告げる。

二十五歳だと言うのに、まるで悪戯《いたずら》がバレた少年のような表情だ。

共犯者のように笑いかけられ、アンナはどきりとして胸に下がるペンダントごと服を握る。違う人であれば、この馴《な》れ馴《な》れしさを苦手と感じるだろうに、ヴィンセントだと親しみを覚える。

（変だわ。君主公爵と、修道院育ちで身寄りもない伯爵の娘が、旧知だなんてありえないのに）

ガスタラ公国の宮廷では、こういう距離感が普通なのだろうか。

先ほども、アドルフォと呼ばれた老臣を、孫の話でからかっていたが。

訳がわからず目をまばたかせているうちに、そのアドルフォが咳払《せきばら》いした。

「知っておいでなら話が早い。……ヴィンセント様が継がれているガスタラ公爵の地位は、七代前のフェラーナ王子が、家臣に下り独立した家柄。祖先が世話になったということで、多少甘い目をするのも仕方ないでしょう。ですが、さすがにこれだけ馬鹿にされては」

「そうですぞ。相手が我が公国を見下しているのは明白。借金替わりの王女が逃亡したなど外交問題、いや、戦争も考えるべき事態ですぞ！」

一旦は収まったかに見えた追及の声が再び吹き上がり、大広間の高い天井にまで響く。

そうだ。戦争だ。もはや武力をと騒ぐ声に、アンナは咄嗟《とっさ》に声を上げる。

「お願いです！　どうか、待ってください！　アンネッタ姫殿下に悪気はないのです。少し思い違いがあって、それで……！」

「思い違い？　公爵との結婚は嫌だと騒ぎ、お前に腐った卵を投げつけたそうではないか！」

アンナをこの城へ連行した近衛《このえ》隊長が、鼻息も荒く指摘する。

その通りだ。

アンナや姫の家庭教師が、一丸となって叫び、懇願しても、貴人用宿泊棟の窓から見下ろし、せせら笑うのみ。

そのうちうるさくなってきたのか、窓から腐った卵や野菜くずを投げ、アンナたちが右往左往し、ごみまみれになるのを眺め笑いだす始末。

最悪なことにその様子は、到着が遅いことをいぶかしみ、姫を捜索していたガスタラ公国の兵らにも見られていた。

アンネッタがこの結婚を嫌い、ガスタラ公爵と弟王が諦めるまで、修道院から出る気がないことは、誰の目にも明らかだ。

「ともかく戦争だけはお許しを！　私にできることならなんでもしますから……！」

戦争になるかもしれないと必死で伝えたのに、アンネッタ姫に真剣味を感じさせることができなかった。そのことが悔やまれる。

だが、悔やんでいても事態は変わらない。この上は、最後まで戦を止める努力をするべきだ。でないと民が困る。

王の放蕩《ほうとう》から来る重税にきつい日々を強いられていても、平和であれば、家族との団らんや、ささやかな幸せを望める。

しかし戦争となれば、畑が荒らされ、いわれなき暴力で傷つき、死ぬのだ。

(見過ごせば、一生、良心が咎める)

母の形見のペンダントを握りしめ、頭を働かせる。

なのに、怒りに血が上ったガスタラの重臣たちは、追及の手を緩めない。

「なんでもと軽々しく口にするではない！　伯爵令嬢と聞いているが、侍女だろう」

「どうして黙っている！　待てと言うからには、代案を出してもらわねば納得がいかぬわ！」

当然の指摘にさえ上手く答えられない。完全に心が萎縮《いしゅく》している。

「あ……」

震え、奥歯を鳴らしかけたその時。背を支えていたヴィンセントが、庇《かば》うようにアンナを腕の中に引き寄せ、重臣たちをにらむ。

「静まれ」

決して大きな声ではなかった。

だが聞く者を自然に従わせる、威厳と深みに満ちていた。

「だからと言って、主に置き去りにされた哀れな娘を、大の男が囲んで責める理由にはならぬ。糾弾《きゅうだん》すべきは、王族の責任を放棄したアンネッタ姫か、いい加減な約束でごまかそうとしたフェラーナ王マウロに対してであって、この娘ではないはず」

「しかし、侮《あなど》られたままでは、三度同じことが起きますぞ」

他の不満を代弁し、まとめ役のアドルフォがそっぽを向く。

「無論、父の代から仕えてくれたアドルフォたちの懸念も理解できる。……結婚式を明日に控え、花嫁に逃げられたのでは私の面目が立たぬ。ひいては周辺諸国に軽んじられると、そう言いたいのだろう」

明日が結婚式なら、その準備は終わっているし、招いた賓客《ひんきゃく》もいるだろう。

結婚式の中止など、一国の君主としてありえない。

今から修道院に戻りアンネッタ姫を連れて来て、ひとまず結婚式だけしてもらう。

それでしのげないかと頭を悩ませていたアンナは、さらにヴィンセントに抱き込まれて、目をみはる。

（ち、近い……！）

これほど近くに異性を感じたことも、その力強い腕に背ごと身体を抱き込まれるのも初めてで、どう対応していいかわからない。

貞淑な貴族令嬢としては、無礼なと突き飛ばすべきだろうが、責めを受ける身であるアンナが、罰を決定する権利を持つヴィンセントを突き飛ばせば、本当に戦争になりかねない。

できるだけ腕に当たる面積を小さくしようと、羞恥に火照《ほて》らせ身体を縮こめる。

鼓動が乱れ、胸がきゅうっと痛くなる。

腹の奥から胸までが、炎で炙《あぶ》られたように焦《こが》れ、頬《ほお》だけでなく顔全体が熱い。

逃げたがる身体を強《こわ》ばらせ我慢していると、堂々とヴィンセントが言い放った。

「花嫁なら、ここに居る。そうだろう？」

意味ありげな口ぶりに、アンネッタ姫が来たのかと首を巡らせる。

それは老臣たちも同じだったようで、ヴィンセントとアンナの側から、部屋の隅までをせわしなく眺め回す。

誰も居ない。なにかの間違いかと顔を上げ、ヴィンセントを見れば、彼はアンナを真っ直ぐに見つめていた。

「えっ……？」

どうして自分を見ているのか。

困惑するアンナの前で、ヴィンセントは目を細め、甘やかに笑う。

「いえ、あの？」

ヴィンセントの狙いが読めない。

不安から視線を泳がすも、逃げ場はない。

逆に、額が触れそうなほど彼から接近され、頬が火照りだす。

「わからないのか。……私に必要なのは、明日の婚礼で、妻として隣に立てる女」

口の端を吊り上げながら言われても、理解できない。

首を捻るアンナの耳に、ヴィンセントの容赦ない答えが刺さる。

「つまり、お前だ」

「わっ、私⁉」

声がひきつり、甲高くなる。

心臓がばくばくと波打ち、息も苦しい。

突然、結婚しろと迫られるなんて！

「私のような末席の侍女など……！　閣下であれば、フェラーナにこだわらずとも、いかような大国の姫でもっ……ッ！」

「同じ話を繰り返させるな。……明日の婚礼で花嫁となるフェラーナの女。その条件を満たせるのは、お前しか居ない」

「突飛《とっぴ》過ぎます！」

声を上げ抵抗しようとしたが、先が続かない。だが、ヴィンセントの狙いもわかる。

公国とはいえ彼も一国の主。

結婚式直前に花嫁から逃げられたとなれば、周辺の王や貴族から笑いものになる。

下手をすれば、統治者として見くびられる。そうなれば、国に要《い》らぬ災《わざわ》い——戦争を呼びかねない。フェラーナ王国でさえ、財政が破綻しているのを理由に攻められたのだ。

（だからといって、そこいらの侍女と結婚するなんて！）

頭が混乱し過ぎて、口が上手く動かない。

あわあわと唇を動かし、声にならぬ悲鳴を上げていると、「ん？」と首をかしげられ、アンナは頭痛を覚えた。

「花嫁の代理であれば、私のような事務方の侍女ではなく、閣下の女性親族や高級侍女でも」

「残念ながら、私は一人っ子でな。女性親族と言えば母が居るが、母の側近たる高級侍女たちは、私の花嫁とするにはいささか大人過ぎている」

喉を震わせ否定され、ええええと変な声を上げてしまう。

「だっ、だったら、他の貴族の令嬢とか……！」

「臣下から選んでも構わぬが、フェラーナ王国のことを聞かれれば、すぐに仮面が剥《は》がれるだろうな」

外国の王侯に身代わりがばれれば、どうして本物――アンネッタ姫が居ないのかと探られ、ことの顛末《てんまつ》が知られてしまうだろう。

着飾り、若手の青年貴族を招いては遊興にふけるアンネッタだが、幸い、フェラーナ王宮外部には、ほとんど顔を知られてはいない。

気位《きぐらい》が高く、外国の特使が居る宴《うたげ》では、ヴェールに包まれた未婚王族の席に居るからだ。

つまり、アンナがアンネッタの代わりに花嫁となっても気づかれにくい。

「年の頃は少々若いが、身長や体型は変わらぬだろうし、銀髪も淡い金髪と色が近い」

「そうですけれど、でも無理です！　落ちぶれた伯爵家の娘が、姫君のふりなんて！」

甲高くなった声で反論すると、ヴィンセントはわずかに眉を寄せて息をついた。

「落ちぶれたなどと自分で言うな、アンナマリア。プリメステの血が泣くぞ」

周囲に聞こえないほどの囁きに悲鳴を呑み込む。いつの間に名前を知られたのか。

「どうして、ご存じで……」

普段口にしているアンナは通称で、正しくはアンナマリア・プリメステと言う。

とある公爵が、身寄りを亡くした貴族の赤子を引き取り、娘と結婚させたのちに、分家し伯爵位を与えたのがプリメステ家だ。

爵位は高かったが、いずれ公爵家を継ぐのだからと大した地領もなく、家名だけを買い与えられたようで、わずか数年後、政治的失脚で公爵家が没落すると、当然、プリメステ伯爵家も没落し、今は名ばかりの貴族である。

王宮では、『貧乏貴族の癖に、アンナマリアだなんて姫君のように大層な名前だこと』と、いじめられたので、なるべくアンナだけで通していた。

一緒に置き去りにされた侍女の誰かが、アンナの正式名を覚えており、ヴィンセントの部下に伝えたのか。

驚き、しきりに目をまばたかせていると、ヴィンセントは少しだけまぶたを伏せ、そろそろと息を継いだ。

「すまないなアンナ。……私としては、この結婚を取りやめるつもりはないのだよ」

「無茶です！　……本物の姫が修道院に居ますので、病気療養中にして延期されては」

「アンネッタ姫殿下にはその気がない。そもそも、王族として最低限の頭があれば、結婚式から逃げ出し、出てこないなどありえない。……数日ならば病気とごまかしても構わんが、延期し過ぎればいずればれる」

「う……」

「それに、修道院で療養中となれば、招待客らも見舞いに行くだろう。これほど結婚を嫌がる姫だ。訪れた者にことの顛末を大声で喚き、腐った卵を投げつけかねん」

またも言い返せない。

（頭が痛い……）

このまま人事不省《じんじふせい》に陥りたい。

アンナが頭を天井に向け、背後へ倒れかけていると、ぐい、とヴィンセントが腕を引き戻す。

「倒れるな。……お前は戦争を止められるなら、できることはなんでもすると言った」

「い、言いましたけれど。それは賠償金《ばいしょうきん》などの公爵の要求を改めてフェラーナ王にお伝えするとか、アンネッタ姫を説得する方法について相談に乗るだとかで……！」

「馬鹿馬鹿しい。逃げた花嫁に猫なで声で甘え、下手に出るなどお断りだ。その時間もないしな。……わからないのか。私は、物品ではなく女が欲しい。つまり、お前が」

ヴィンセントは、危険なほどアンナに身を寄せた。

「私の花嫁となり、私を愛せ」

「はいぃ？」

ものすごく真剣かつ怖い顔で、ものすごい口説き文句を言われても困る。

女が欲しい、花嫁となり自分を愛せ、などと露骨に断言され、思考がまるで追いつかない。

男性と恋愛関係になったことなど一度もないのに、結婚だなんて！

「わっ、私はっ！」

素《す》っ頓狂《とんきょう》な声を上げた途端、視界いっぱいに、ヴィンセントの美しい容貌が広がる。

息を呑んだ時には、腰を強く引かれ、唇を塞がれていた。

「っ…………！」

身を固くし、呼吸を止める。

けれどそんなことでは、唇にある柔らかな感触や温《ぬく》もりは消えない。

角度を変えながら、ついばむような口づけが繰り返される。

そのたびに、体温と心拍数が上がり、頭がぼうっとする。

時折、尖《とが》らせた舌でぺろりと表面を舐《な》められ、腰がぞくんと疼《うず》き痺れた。

（なに、これ……）

どうしてこんなことになっているのか。

説得か、命乞いかと緊張していたのも忘れ、ヴィンセントがアンナの唇を噛み、舐め遊ぶのに身を任す。

「ぁ……」

息苦しさから口を開くと、自分のものとは思えないほど甘えた声が落ちる。

二人の離れた唇の間に、つうっと銀の糸が引き――やがて、途切れた。

「相性は悪くないようだな」

皮肉を含む口調で告げられ、アンナは立場も状況も忘れ、羞恥のままに手を振り上げる。

空気を切った指先は、けれどヴィンセントに触れる前に掴《つか》まれてしまう。

そのままぐいと引っ張られ、覆《おお》い被《かぶ》さるように抱きしめられていた。

逃れようと必死でもがくアンナの耳元に、熱い男の吐息がかかる。

「いいのか？　このまま私を殴れば、ご破算《はさん》だ。……借金も返せない、担保となる花嫁は婚礼前に逃げる。これ以上ない侮辱だな？　フェラーナ王マウロは、私を怒らせたくてこんな茶番をしたのか」

「う……」

肌をかすめた男の息が、痺《しび》れとなって肌に広がり、熱を上げる。

得体の知れない、だが不快ではない感覚に、思考がまとまらなくなっていく。

「ですが、私、では」

「フェラーナ王国の者として、この件について埋め合わせする気がないと言うなら、……後は、戦争だ」

自身を馬鹿にしたフェラーナ王マウロへか、あるいは、逃げたアンネッタにか、嘲笑するヴィンセントを見て凍り付く。

「戦争……」

恐れていた単語を口にされ、冷や水を浴びせられた心地となる。

「そうだ。……だが、私とて民や部下を無用な戦へ送りたくない」

低く、感情を圧《お》し殺《ころ》した声が、嘘ではなく真剣にそう考えていると知らしめる。

だからか、強ばっていたアンナの身体から、少しだけ力が抜ける。

「閣下は、戦争は避けたいと？　そのために私を花嫁に望まれていると？」

アンナだってそうだ。

民を巻き込み、戦争で死なせ不幸にするのは、いい気分ではない。

(私が、身代わりになれば？)

少なくとも時間稼ぎにはなる。

ヴィンセントの近々の望みは、明日の結婚式で『フェラーナ王国から来た花嫁』を、自分の隣に立たせることだ。

それぐらいなら、いいではないか。

偽りの誓いを述べるのは心苦しいが、戦争を避けるためなら、神父や神様も見逃してくれるだろう。

後は人前で花嫁らしくして、その間に解決の道筋をつければいい。

「いいのですか？　私は侍女ですよ？　それに見た目も美しいとは……あまり」

軍事力も財力も兼ね備えた国を統治する君主公爵の花嫁には、かなりお粗末《そまつ》な身の上だ。

偽物だとしても、もっとマシな相手は居るだろう。

「お前が気にかけることではない。私は本気だ。……後はアンナ、お前に私の花嫁となる気があるのか、ないのか。それだけだ」

貴族の娘であっても、アンナには継ぐべき土地も家も、身寄りすらない。

その点を知った上で、ヴィンセントはアンナに結婚を求めているではないか。

（突然結婚して、その後に別れても騒ぐ親族が居ない。だからかも）

心のどこかで安堵し、同時に残念にも思う。

貴族と言うには、あまりにも実体が伴わない身の上であるアンナを、君主公爵のヴィンセントが本気で妻にするなどありえない。

絶世の美女なら、そんなおとぎ話もあるだろうが、アンナの外見で取り柄と言えば、真っ直ぐな銀髪ぐらい。

菫色の瞳は珍しいが、生《なま》っ白《ちろ》くて華やかさが足りない。

あえて選ぶ必要はない。アンナを選ぶ理由は、ただ一つ。

（身代わりのはりぼてなら、面倒が少ないほうがいい。きっとそんな理由）

だとしたら、結婚式だけフェラーナ王家の姫役を務め、後はやっかいな居候《いそうろう》程度の扱いで済む……のではないか？

夫婦である期間は短くて数日、長くても一年程度と思われる。

ようはアンネッタ姫が観念しここへ来るか、ヴィンセントが次の花嫁を決めるまで。

（その間、公妃を演じるだけで戦争を避けられるなら、迷う必要がどこにあるの？）

身寄りがない。どう扱っても苦情が来ない娘。それが役に立てるなら、返事は一つだ。

「わかりました。……謹《つつし》んで、公爵閣下のお申し出を受けさせていただきます」


（予想外の展開だわ……）

寝台に仰《あお》向《む》けとなったアンナは、腕で顔を覆う。

大広間で結婚を承諾した後、アンナはヴィンセントの執務室へ案内された。

古く、威厳に満ちた部屋の中で、明日行われる式と披露宴の手順、そこに招待される人々とガスタラ公国の関係について講義され、記憶するのに必死となっているうちに、あっという間に夜となった。

細かい字とにらめっこし過ぎた目をしばたかせていると、次に侍女頭——城で働く女たちのまとめ役である中年女性が現れ、結婚式のしきたりや公爵家特有の作法など、花嫁として最低限知っておいたほうがいいことを教わる。

次に、急ごしらえの客室でお針子たちに囲まれ、婚礼で着るドレスの直し。

ようやく一通りの準備が終わり、湯浴《ゆあ》みとなったが、気を緩める暇はない。

頭のてっぺんから爪先まで磨かれ、肌は念入りに薔薇の香油がすり込まれた。

葡萄酒《ぶどうしゅ》やチーズ、牛肉の煮込みといった軽い夕食が部屋の隅に用意されていたが、手を伸ばす気力もない。

側付きとなった侍女たちは、明日の結婚式で振る舞われる菓子や、衣装の見事さを話題にし、花嫁となるアンナの気分を盛り上げようとしてくれていた。

けれど、アンナは相づちも打てないほど疲れていた。

ガスタラ公城へ連行される事となって二日ほど、緊張でまったく眠れなかったからだ。

察した侍女頭が、しばし休憩をお取りくださいと告げ、侍女たちを引き取り退室したのはつい先程。

(やっと、一人になれた……)

思えば、ここ二週間、落ち着く暇がなかった。

寝る時間はもちろんのこと、泣く時間もないほど集中し、事の収拾に当たっていた。

（泣いてる間に、戦争とか言われても困るし）

侍女とはいえ、末端であるアンナがそこまで責任を負う必要はない。が、見て見ぬ振りができぬ程度には、国への愛着や良心がある。

（それにしても、アンネッタ姫の身代わりで結婚、だなんて）

六つ年上の主のことを思い出し、顔をしかめる。

羽毛布団の上に深緑色のドレスが広がり、アンナの視界を鮮やかに飾る。

上質の天鵞絨《ビロード》に黒絹のレースをふんだんに使ったドレスは、とても品がある。袖口《そでぐち》や襟元《えりもと》には、細かい刺繍《ししゅう》で野の花が刺してあり、一定間隔で縫い付けられている琥珀《こはく》が木漏れ日のように輝いている。

布地の上に刺繍や宝石で森を表現する技は、ほとんど芸術だ。

（こんなドレスは、自分とは違う世界の貴族令嬢や姫が着るもの。そう思っていたのに）

王城では、灰色や茶色といった地味な色のお仕着せばかりを着ていた。

綺麗《きれい》な服に対する憧れも年齢相応にあったが、侍女として帳簿をつける関係上、インクの染みが目立たない服がいい。

一枚だけでいいから晴れ着を仕立てたいと頑張ったが、お金を貯《た》めきれずに終わった。

主である姫からドレスや宝石を貰うことも多く、自身もいい家の出である高級侍女たちはともかく、商人や豪農の娘が多い裏方侍女は賃金が安い。

部屋住まいで衣食住は保証されていても、自由になるお金がない。下々《しもじも》の者でありながら華やかな王宮で働いた。それを自慢できるだけでもありがたいと思え。そういう扱いなのだ。

こんなことがなければ、一生縁のなかった豪華なドレスに、また溜息をこぼす。

（服だけでなく、装飾品もとんでもない……）

お揃《そろ》いの髪飾りと首飾りに指を触れさせる。

真珠とアメジストで作ったスミレの髪飾りは、一目で、名のある工房の逸品と知れた。

全部、同じ大きさの真珠を揃えているのが、その証拠だ。

ごくわずかしか採れない上、色も形も同じ真珠を揃えるのは、同じ量のダイヤモンドを集めるより、ずっと難しい。

金はもちろんのこと、相当なつてがいると聞いている。

アンネッタ姫だって、これほどのものは持っていなかった。

なのに惜しげもなくアンナに使わせるのだから、ヴィンセントの財力はどれほどのものか。

そんな大物の花嫁に、仮とはいえ自分がなってよいものか。今更ながらに気後《きおく》れしてしまう。

（やっぱり……、公爵閣下が、修道院へ姫を説得に行かれたほうが早いと思う）

アンネッタが結婚を嫌がった大きな原因は、公爵の人となりを知らなかったことだ。

顔を見たこともない、手紙もやりとりしたことがない相手を知るには、噂しかない。

（その噂が、よくなかったのよね）

アンネッタ姫に嘘を吹き込んだ、カラファ地方伯を思い出し、こめかみを指で押さえる。

カラファ地方伯と言えば、かつては王の懐刀《ふところがたな》と呼ばれるほどの名家だったらしい。が、収賄《しゅうわい》を疑われ、八年前、首都から地方領地へ謹慎《きんしん》同然に退いたと言う。

このたび、アンネッタ姫がガスタラ公国へ行くという噂を聞きつけ、ぜひもてなしたいと名乗りを上げた。

カラファ地方伯ジャンニは、金髪碧眼《へきがん》の王子様を絵に描いたような男で、大喜びでアンネッタ姫を歓待した。

姫も優男にちやほやされ、まんざらでもなかった。

食事時に、どうしてガスタラへ行くのかという話になり、雲行きが変わる。

『結婚だと悟られぬため、ガスタラ公爵ヴィンセントの話は反《そ》らせ』と、行く先々の貴族には王が根回ししていた。

なのに最後に立ち寄った貴族――カラファ伯の館で、噂と結婚話を聞かされアンネッタ姫は逆上した。

――ガスタラ公爵ヴィンセント・トレッリと言えば、流血の軍人公爵ですか！

カラファ地方伯は、ぞっとするような二つ名を叫び、貴女《あなた》があんな野獣男と結婚するなんて、張り裂けるほど胸が痛みます。と一気にたたみかけた。

最初こそ、『どうせ兄の代理、ガスタラ公爵がどのような男であろうと、適当に流せばよい』とばかりに構えていたアンネッタ姫は、結婚式の日取りも決まっている、というカラファ地方伯の言葉に驚き問い詰めた。

自慢の金髪を振り乱し、碧《あお》い目を血走らせ、金切り声を上げて嫌がるアンネッタ姫を思い出し、アンナはそっと息を吐く。

弟王の嘘に騙され、結婚の罠《わな》にはめられようとしていたアンネッタ姫には同情するだけれど、ヴィンセント本人に一度も会わず、噂だけを信じたのはどうだろう。

噂を口にしたカラファ地方伯にも、なんだか気持ちの悪いものを感じる。

当主であるジャンニ自身は、にこにことよく笑う人懐こい美青年だったが、使用人たちは真逆で、冷たい目と無表情を貫き通していた。

家風と言われればそれまでだが、主と使用人の印象があれほどかけ離れているのも珍しい。

しかし噂は当てにならない。

実際のヴィンセントは、非の打ち所がないほどアンネッタ姫の好みだった。

会えば解決することだ。だから。

（アンネッタ姫がいらっしゃる修道院へ説得に向かわれては、って水を向けたのに、忙しいの一言で終わらせられたし）

頭を抱えたまま、はあっと息をつく。

（考えても無駄だわ。……今は、身代わりをきちんと果たすことに集中しなきゃ）

でも、おとぎ話のような夢は見ない。

貴族とは名ばかりのアンナを本当の妻として、生涯慈《いつく》しむほど、ヴィンセントも酔狂じゃない。いずれアンネッタ姫と入れ替わることになる。

万が一、アンネッタ姫との件が破談になっても、別の大国の姫君が花嫁に選ばれ、幸せに暮らしていくことだろう。代役なんか出しゃばる余地もない。

わかっているのに、もやもやしたものが胸に湧き起こる。

勘違いしたくなくて、アンナはわざと自滅的な台詞《せりふ》を吐いた。

「大丈夫よ。だって公爵閣下は、お姫様なら誰だって好きになりそうなほど、すばらしい方だもの」

「それは嬉《うれ》しい褒め言葉だな」

誰も居ないはずの室内に、低い笑い声が響く。

「だっ……誰！」

あわてて身を捻り身体を起こす。

寝台を囲む天蓋《てんがい》から下がる薄絹に、男の影が落ちていた。

不審者に驚き、寝台から降りようとするが、慣れぬ豪華なドレスが脚にまとわりつく。

「あっ！」

びいっ、と絹が裂ける音がし、同時に世界が傾いた。

寝台は人の腰ほどの高さがあり、そのまま落ちれば石床に身体を打ち付ける。

痛みを予測して身体を縮めると、布が顔にかかる感触の後、大きな腕がアンナを抱き支えた。

背を反らし、掬《すく》い上げられるような姿勢は不安定で、アンナはつい手を伸ばす。

天蓋から下がっていた薄絹が破れ、花嫁のヴェールのように顔にかかる。

ぼんやりとする視界の先に魅惑的な男の顔が見えた。ヴィンセントだ。

「大丈夫か」

オレンジと香辛料の混じった香りにどきりとする。

気づかいに溢《あふ》れた声で尋ねられ、陶然としてしまう。

「どうした？　アンナ」

唐突に名前を呼ばれて焦る。

「あっ……あ、あの」

「腰でも抜けたか」

その一言で、相手の首に抱きついていると気づき、アンナはあわてて手を放し、ヴェールを手元にたぐり寄せ、頭から滑り落とす。

「ごめんなさい！」

「いい。……急に動くな。ちゃんと座らせてやる」

壊れ物に触れるような手つきで、アンナを寝台に横座りさせ、自身もその隣に腰掛ける。

「寝ていたのか」

彼の重みの分だけマットレスが沈み、アンナの身体がわずかに揺れる。

そのことにどきりとしながら、横目で相手の様子をうかがう。

「あ、あの、まだ、寝ていた訳では」

「起きていたのなら、私に驚くこともないかと思うが」

「驚きます。その……、親族でもない女性の部屋を夜に訪ねるのは、不適切かと」

驚かされたことより、意図せずヴィンセントに抱きついたことが恥ずかしくて、つい可愛《かわい》くない言い方をする。

「そうかな。さほど不適切でもあるまい。……明日の夜は寝床を共にする女性だ。小うるさい聖職者たちも目こぼしするさ」

手を背面に突きながら、ヴィンセントは悪戯げに目尻を和らげる。

「寝床を共にする、って」

当たり前のようなそぶりで口にされ、顔を赤らめてしまう。

大広間でキスされたことが頭をよぎり、アンナは力を込めてまぶたを閉ざした。

熱く柔らかい感覚が唇によみがえり、ほとんど無意識に指を当ててしまう。

(落ち着くのよ。私)

あんな形で初めての口づけを奪われるとは思わなかった、だから驚いているだけ。

ヴィンセントは、相性がいいとかなんとか言っていたが、結婚式で、花嫁としてアンナにキスできるか試しただけだろう。

（それに……結婚と言っても、本当じゃないんだから）

ヴィンセントからすれば、アンナなどアンネッタ姫の身代わりだ。

次の縁談が決まるまでのお飾りで、妻として扱う必要はない。

いわゆる白い結婚。――神父の前で誓いの唇をかわしても、初夜は同じ寝台で素足を合わせ眠るだけに違いない。偽りの花嫁と子をなす行為など、きっとしない。

わかっていても、結婚の秘儀を思うと、恥ずかしさといたたまれなさが募る。

詳しいことを知っている訳ではない。

裸になって抱き合い、キスし、蕩《とろ》け合うというのは、アンネッタや侍女たちがしていた恋話を漏れ聞いていた。男女の一部が繋《つな》がるとかも。

恋人すら居ないアンナには、裸になって異性と抱き合う……という状況が理解できない。

ふと隣をうかがうと、興味深げにこちらを見るヴィンセントと視線が合い、アンナはあわてて目を逸《そ》らす。

（馬鹿、本当に結婚する訳でもないのに、なんてふしだらなことを妄想しているの！）

忙しい鼓動を抑えたくて、胸に手を当て深呼吸する。

がめた。

なのにちっとも心が落ち着かない。

意味不明の恥ずかしさに襲われ、もじもじするアンナの横で、唐突にヴィンセントが身をかがめた。

そのまま横からのぞき込むようにしながら、アンナの顔にかかる銀の髪を掻《か》き上げる。

「ずいぶんと息が上がっているが」

滑らかな音を立てて髪を絡める指先が頬に触れ、つい、びくりとした。

「……私を恐れているのか」

感情を抑えているのか、先ほどより低く探るような声がして口ごもる。

(怖い……かしら？)

地方伯の家で耳にした噂では、乱暴で、気に入らないことがあれば、すぐに暴力を振るう男だと言われていた。けれど、実際に目にすると、それは嘘だとわかる。

触れ方だけでなく、声が穏やかで優しい。だから違うように思える。

この城の侍女や兵たちも、ヴィンセントに敬意を払っていた。おびえてなんかいなかった。

第一、乱暴者であれば、アンナの話なんて、頭から聞かず怒鳴っただろう。

城に着いた時は、殺されるかもしれないと考え緊張していたけれど、今は違う。

「怖い、というより、……いきなり声を掛けられると、少し戸惑います」

「私でも、か？」

探るように問われ苦笑する。

距離を置かれれば夫婦を偽《いつわ》れないから、不安視されているのだろう。

「あまり、男性とは親しくしたことがなくて」

照れくささを払いたくて、わざと大げさに肩をすくめる。

宮廷なら出会いがいくらでもある。——などというのは、女主人と舞踏会に出ることが許されている高級侍女だけのこと。

アンナのような事務方は、舞踏会にも、観劇や音楽会にも参加できない。

遊びはしゃぐ男女の声を聞きながら、豪華な居室の屋根裏で商人と一緒になって、今月の支払いがどうだこうだと、眉を寄せて唸るだけで一日は終わる。

恋愛のかけひきやこなれた会話など、違う世界のことだった。

「男性と話すことに慣れてなくて。……王宮に出入りする商人は別ですけど」

「この城に来るまで、兵や将校たちとずいぶん会話していたそうだが」

「それは仕事ですから。こうして親密にされると困ると言うか、個人的な会話に経験がないと言うか……、私はあまり、そういう接し方をされる立場でもなく」

居ても、居ないように扱われていた。

華やかな貴公子たちは、貴族令嬢や美しい高級侍女しか見ていない。

なんの後ろ盾も持参金もない、貴族とは名ばかりの、インクの染みを指につけた帳簿係なんて相手にすらしない。

恋することもなく年を取り、やがて王宮に出入りする商人の息子辺りの妻となる。そういう暮らししかないと思っていた。

「……なにを、言っているのでしょうね。ごめんなさい」

上手く伝えきれない。

気の利いたこと一つ言えない情けなさから、肩を落とす。

だいたいヴィンセントもいけない。

自分が魅力的なのを知ってか知らずか、ごく自然に距離を詰めてくる。

口を閉ざし、ドレスの表面を両手で掴んでいると、側で小さく吐息をこぼされた。

「公爵閣下？」

「すまない。微笑《ほほえ》ましくてな。……王族の財務を預かる才媛《さいえん》侍女にも、男慣れぬという弱点があるとは」

「母から習ったので簿記《ぼき》が少しできるだけです。それで才媛というのは大げさではないでしょうか。……率直に、学がある女は可愛げがないと言われて大丈夫ですよ」

「勘違いするな。悪い意味で口にした訳ではない」

どきりとして目を上げる。すると、穏やかに微笑むヴィンセントと目が合う。

「学がある女は可愛げがない。アンナをそんな風に嘲《あざわら》った男が居たのか」

こくりとうなずく。

アンネッタ姫の取り巻きである青年貴族たちは、顔を合わせるたびに、そう揶揄《やゆ》した。

「だったら気にするな。ああいうのは、頭が足りない男の負け惜しみだ」

にやりと口角を上げられ絶句する。そんな風な見方をされたのは初めてだ。

「ありがとう、ございます……」

嬉しさにぽうっとしながらお礼を言う。するとヴィンセントはアンナの頭に手を置き、ぽんぽん、と何度か軽く叩く。

「礼を言われるほどのことでもない。……私は、賢い女のほうが好きだ」

さらりと口にされ、あわてふためく。好きだと異性から言われたのなんて初めてだ。

「す……、好きとか軽々しく口にされないでください。……からかってますね？」

「花嫁として好ましい。妻にする女に告げ、素直に口説くのが悪いのか」

鼓動を跳ね上げるアンナとは対照的に、ヴィンセントは目を細めながら笑い、アンナの頬を突いて遊ぶ。

「口説くなんて、やめてください。……男性に慣れていないという弱点を突くのは、卑怯《ひきょう》ですっ！」

頬を押す指を叩《たた》く。すると、ヴィンセントは声を上げて笑いだす。

「いいぞ。緊張しているより、そうやって、赤くなって拗《す》ねてるほうが可愛い」

「かわ……可愛い、などと言われましても」

赤くなっていく顔を見られたくなくて、両手で頬を覆っていると、隣で含み笑いをしていたヴィンセントが口を開く。

「すまない。ここまで恥ずかしがるとは思わなくてな。……別の話をしよう」

「別の話？」

「どのような経緯があってフェラーナ王宮で侍女をしていた？　母君が亡くなった時、遠縁の者が迎えに来るはずだったが」

「よくご存じですね」

身の上まで調べられたのだろうか。

フェラーナの王宮で侍女をしていた時は、特段、隠してはいなかったけれど、好きこのんでする話でもなかった。

物心つく頃、父が、知人に誘われた鹿狩《しかが》りで落馬し死んだ。

直後、後見人をしていた祖父――フェラーナ王国の辺境を治める公爵――や、親族が事故や争いで次々に亡くなり、病弱な母と幼いアンナだけが残された。

身寄りのない二人が食べて行けるほどの遺産はなく、修道院で世話になることにした。

と言っても修道女になる訳ではない。

修道院は病院や保養施設も兼ねている。病がちな母にとって便利で、幼いアンナが教養を身につけるには最適な場所だった。

宝石や館を処分したお金を寄宿費と薬代に充《あ》てながら、アンナの嫁ぎ先が決まるまで身を寄せる。そういう計画だったように思う。

修道院の別棟で暮らす母娘の生活は、静かで、訪ねてくる人もほとんどない。

半年、多くて三ヶ月に一度の割合で、ジュリアという名の貴婦人が来てくれたぐらいだ。

ジュリアは母の従姉妹《いとこ》で、外国の公爵に嫁いだ人だった。

お忍びで訪ねてきていることもあり、いつも家名ではなく名前しか名乗らなかった。

だが、それはささいなことだ。

彼女は、来るたびにアンナにドレスや小物などを贈り、ちゃんと食べられているか、不都合はないかと、娘のように可愛がってくれた。

ドレスは成長し着られなくなってしまったが、貰ったリボンは宝物として取っておいている。

母はジュリアを信頼していたようで、自分に万が一のことがあったら……と折々に触れ、アンナのことを頼んでいたようだ。

そして十四歳の時、風邪をこじらせた母が亡くなった。

一人になったことを嘆《なげ》く間もなく、ジュリアの使いを名乗るカラファなる老貴族が現れ、『お前はここで働くと決まった』と言い捨て、アンナをフェラーナ王宮に置き去りにした。

それからはもう、泣いている暇もないほど忙しかった。

将来を考え、母やジュリアは礼儀作法に始まり、土地の管理や領主貴族の妻に必要とされる簿記までアンナに教え込んだ。そのため、すんなりと財務担当の裏方侍女になれた。

しかしフェラーナ王宮の財政はめちゃくちゃで、前任の娘が過労で倒れたという激務。

逃げる場所さえないアンナは、苦しくても、やりぬくしかない。

計算が合わないと怒鳴られ、徹夜して帳簿を綺麗にし、商人たちに頭を下げて支払いを待ってもらい……などとする間に、いつのまにか四年が過ぎていた。

肝心のジュリアに会おうと思う余裕もなく、お金の帳尻合わせに走り回っていた気がする。

それらを簡潔にまとめ、ヴィンセントに説明しつつ、ふと思う。

（そういえば、あの方は……どうされているのかしら？）

付き添いか、退屈しのぎの遠出か、時々、ジュリアの息子も修道院に来た。

母親によく似た艶《つや》やかな栗毛《くりげ》の持ち主で、天使のように綺麗な顔と声だと、若い修道女がはしゃぎ騒いでいたのを覚えている。

女ばかりの修道院で思春期を過ごしたアンナは、極度の人見知りで、特に男性の顔を見ることが苦手だった。

母親同士大事な話があるから、敷地内を案内してあげてと頼まれ、よく二人で散歩した。

その間も、アンナは恥ずかしがって自分のドレスの裾や靴先を眺めるばかり。だから、相手の顔なんて、覚えるほども見ていない。

ジュリアが、『大人になったら私の息子の花嫁に来てね』などの冗談を口にするから、余計に意識し、まともに顔を合わせられなかった。

彼と正面で見つめ合ったのは一度だけ。

解けたリボンが果樹園の桃の木に絡まり、それを取ってもらった時だけだ。

少年から青年に移り変わりつつあるしなやかな腕が、太陽に向かって差し伸べられ、たわわに実った桃ごとリボンを取った。

そして微笑みながら、甘い香りのする果実とリボンをアンナの手に乗せてくれた。

嬉しかったのに、お礼をちゃんと言えたかどうか。

覚えているのは、逆光に陰る、彼の口元が優しく笑んでいたこと。

（あれが初恋だったかも……）

顔も思い出せないのに、恋などおかしいと笑われるかもしれない。が、確かにアンナはジュリアの息子に恋をした。

「どうした」

突然口ごもり、微笑みだしたアンナをのぞき込んで、ヴィンセントが尋ねる。

どうかしたら前髪どころか、唇さえ触れそうな距離に飛び上がり、拳《こぶし》一つ分だけ横にずれた。

「いえ、忙しかったなあ。修道院を出て四年も経っていたのだなあと。……すみません、私の身の上話なんて、つまらないでしょうに」

「私が聞きたかったのだから、気にすることではない。アンナの話はわかりやすくていい。だが、お前がそこまで苦労しているとは思わなかった」

自身の膝を握る手に力を込めながら、ヴィンセントが苦々しげな顔をする。目にしたアンナはますます恐縮してしまう。

「苦労だなんて。……食べられるし、暮らしに困っていませんでした」

「そうは言っても、お前は……」

なにか言いかけたヴィンセントは、ふと言葉を途切れさせ、表情を和《やわ》らげた。

「いや、ともかく、一人でよく頑張ったな」

事が起こってから、ずっと張り詰めていた心の糸が、ヴィンセントの言葉で揺れ、切なく甘やかな音色になる。

頑張った。——その一言が乾き、ひび割れていた心に染みていく。

嬉しさと誇らしさが胸に溢れてくる。と同時に、恥ずかしくもなる。

「閣下……」

「頑張ったのだから、これからは存分に甘えろと言いたい。が、明日の婚礼までもう少し、頼むぞ」

ああ、この人はすごくて、ずるい。

昨日まで見も知らぬ相手、ただの侍女に過ぎないアンナにまで共感してくれる。

こんな風に労《ねぎら》われ、頼られては、期待を裏切れるはずがない。

ヴィンセントの外見だけでなく、その人柄にまで急速に心惹かれながら、アンナは胸の中で独りごちる。

「は……い」

いたわり、慈《いつく》しむ言葉になだめられ、アンナは心地よさに肩から力を抜く。

「ああ、それと、食事も手をつけられぬほど緊張していると、侍女頭のエルメリーナから聞いた。だから……差し入れだ」

侍女頭と紹介された中年女性のことを思い出していると、ヴィンセントは手を自身の懐《ふところ》に入れ、白絹のハンカチに包まれた丸いものを差しだしてきた。

取っていいのかためらっていると、ほら、と少しだけ胸元へ押される。

甘い香りに誘われるまま包みを解く。すると中から、よく熟した桃が一つ現れた。

どの果物より思い出深く、好きな果実に言葉を失う。

母の話をして、初恋を懐かしんだその夜に、それらを象徴する果物を贈られるなんて、どんな偶然だろう。

驚きに目を大きくしていると、どこか誇らしげな表情でヴィンセントが言う。

「これぐらいは食べられるだろう。好きか」

どうしよう。胸が一杯だ。

混乱しながらもうなずき、アンナは深呼吸の後に答えを返す。

「好き、です。大好き」

桃を胸に抱いたまま告げる。

子どもっぽい返事になったせいか、ヴィンセントは少し困った風にはにかんでいた。

「よかった。……結婚前夜になってまで、妻となる女の好物一つも知らぬ、不甲斐《ふがい》ない男にならずに済んだ。ともかく、食べられるだけ食べて、ゆっくり眠れ。明日は長い」

ちら、とアンナから目を外し、扉を見て溜息をつくと、ヴィンセントは来た時と同じ唐突さで、部屋を出て行った。

心配してくれて嬉しい。だが、引き留め過ぎたのだろうか。

気にしながら手の中の果実をそっと指で撫《な》でる。柔らかな手触りと、甘い香り。

桃を食べるなんて久しぶりだ。なのに、皮を剥《む》く指がためらってしまう。

——私は、結婚前夜になってまで、妻となる女の好物一つも知らぬ不甲斐ない男になりたくない。

ヴィンセントの言葉が、じわっと胸に染み入ってきて、面はゆさから気持ちが弾《はず》む。

(花嫁と言っても身代わり。だから誤解してはいけない)

自分に言い聞かせようとしたが、甘く温かい感動はいつまでも心から消えず、アンナを優しく包み込んでいた。

第二章　白い結婚、甘く淫らな初夜

結婚式が開かれている大広間は、豪華で大勢の人が溢れていた。

天井から幾つものシャンデリアがつり下がり、数え切れないほどの蠟燭《ろうそく》が灯《とも》されている。着飾った貴婦人たちのドレスが花のように会場を彩り、身につけている宝石は光を受けて星のように輝く。

男たちも、赤や青といった晴れ着に、黄金でできた大ぶりの首飾りとかなり派手派手しい。仮面をつけた道化師《どうけし》もおり、いたずらや芸で人々を笑わせる。

広い広間の四隅にはテーブルがあり、子牛の丸焼きや山盛りの葡萄《ぶどう》、蜂蜜《はちみつ》で固めた栗や胡桃《くるみ》のお菓子、本物のように美しい飴《あめ》細工の花束と、これでもかと料理が並べられている。

大広間を支える古めかしい石の円柱は、薔薇や蔦《つた》で飾られ、楽園のような光景に瑞々《みずみず》しさを添えていた。

楽団がリュートやフルートを奏《かな》でれば、開けた中央部分で若い男女が手を取り踊りだす。

ガスタラ公爵ヴィンセントの祝辞から始まった披露宴は、今や無礼講《ぶれいこう》となり、誰しもがおいしい酒と料理を味わい、砕けた会話で社交を楽しんでいる。

一段高い場所に座り、会場を眺めていたアンナは、薄いヴェール越しに目を横へ走らせる。

つい数時間前に、城の聖堂で夫となった男は、目を細めながら騎士らの演武《えんぶ》を眺めていた。

朝起きてから今まで、物を考えるどころか、周囲を見る余裕もないほど忙しかった。

宴が始まり、堅苦しい挨拶がひけ、歓談の時間となった今、ようやく、仮初《かりそ》めの夫となったヴィンセントを見ることができたほどだ。

服は昨日と同じ黒であったが、金板にルビーやサファイアを埋め込んだベルトや、ガスタラ公爵家の紋章をかたどったペンダントが豪奢《ごうしゃ》さを添えており、ヴィンセントの男ぶりがより一層引き立っていた。

対するアンナは、滑らかな光沢《こうたく》を持つ白絹に、宝石や金のリボンを縫い付けたドレス姿だ。手元は花弁のようにレースが溢れる姫袖。四角に大きく開いた襟口からは、コルセットで寄せた胸の上部がふっくらとのぞく。

花嫁衣装からのぞく肌は、酔い以外の理由で薄桃色に火照っており、初夜を迎えようとする娘特有の、清楚《せいそ》な色気を醸しだしている。

わずかに震えながら赤くなる花嫁の姿は、夫どころかそこらの男性の気を惹いているのだが、アンナ本人だけが気づかない。

幸いにも、祝福に訪れる客は皆礼儀正しく、軽い自己紹介と挨拶だけで、あれこれ尋ねてくる者は少なかった。

酔ってしつこくアンナに問いかけようとしたものは、ヴィンセントから『新妻は緊張するもの。お手柔らかに』などと言われ、彼の部下が乾杯に誘うなどして、やんわりと下がらせた。

（式の間もうつむいていたから、お客様たちは花嫁の入れ替わりに気づいていないのかも）

だとしたらありがたい。アンナは少しだけ身体の力を抜く。

座っているのはフェラーナの姫ではない。そういう風に騒がれるのを恐れていたから。

（名前はごまかせるけれど、顔はそうも行かないわ）

奇《く》しくもアンネッタ姫の愛称は、アンナだった。

だから、周囲の人物が公妃をアンナと呼んでも気にされない。

上下の区別にうるさいフェラーナ王宮であれば、侍女が女主人である姫を愛称で呼ぶなど鞭《むち》打《う》ちものだが、ガスタラは公爵家が君主となった国だからか、礼儀についても鷹揚《おうよう》だ。

招待客も、郷に従えとばかりにアンナをアンネッタ姫と呼び掛けず、アンナ様と呼んでいた。

その点では助かった。けれど、気は抜けない。

外見的には、アンネッタは淡い金髪で、アンナは雪のような銀髪。お互い滑らかな直毛だ。

そしてアンナの銀髪はたやすく周囲の色を映す。

橙色《だいだいいろ》の明かりが灯る大広間では、淡い金髪のような色合いになる。

頭からかけられているヴェール越しであれば、ぱっと見、別人だとは気づかれにくい。

（素顔を見られたら、一目瞭然だろうけれど）

顔を上げないように気をつけながら、辺りをうかがう。

宴も半ばにきていたが、アンナを見て意味ありげに語る人は居ない。そのことにほっとする。

（まだ、ばれてない……）

はっきりした目鼻立ちのアンネッタは、とても化粧映《ば》えがする美女、かつ大人の色気を持ち合わせている。

下がり眉で目も大きいため、化粧をしても色気より愛らしさが前に出るアンナとは違う。

アンネッタのほうが社交的でおしゃべりだが、そこまでは真似できない。

裏方の財務侍女として過ごした四年間。仕事の会話なら男性ともできるようになったが、それ以外では相変わらず人見知りなアンナである。

変に失言してしまうより、花嫁として控えめに黙って居るほうがいい。

（このまま、なにごともなく終わればいいのだけど）

重要なのは、ヴィンセントが今夜、フェラーナの姫と政略結婚したという事実。

そしてそれが外交官や招待客により、他国に伝わることだ。

後に起こるだろう様々な問題については、追い追い考えればいい。

ひとまず、披露宴を無事に終えること。替え玉の花嫁として、今夜をやり過ごすこと。

そのためには、アンネッタ姫に見えるよう、できるだけ身を慎《つつし》むのが一番だ。

（首が痛くなってきた……。顔を見られないよう、ずっとうつむいていたから）

加えて、空腹で目眩《めまい》がしそうだ。

ものを食べるにはヴェールを上げるしかない。だからアンナは飲食自体を避けていた。式が始まって今までに口にしたものは、最初の祝杯で出された赤葡萄酒《ぶどうしゅ》が一杯と、ヴェールを外さず、手で食べられる一口大の果物を少し、ぐらいだ。

だからアンナの空腹も限界だった。

腹部にきゅっと力を込める。気をつけていないと、お腹《なか》が鳴りそうだ。

前にあるテーブルには、アンナの忍耐力を試すように、料理の皿が多くある。

蜂蜜と卵黄を塗って、つやつやの焦げ目をつけた若鶏《わかどり》の丸焼き。

うさぎ肉とにんじんを蕩《とろ》けるほど煮込んだ、濃厚なミルクスープ。

乾燥ハーブと挽《ひ》いたパン粉をつけ、油で揚げたつぐみのフリット。

うなぎのゼリー寄せ、うずらの卵を挽肉《ひきにく》で包んで焼いたもの。

一際食欲をそそるのは、子牛の片腿《かたもも》肉の串焼きで、辛子《からし》の利いたソースの香りに誘われ、先ほどから舌の付け根に唾液が溜《た》まり通しだ。

皿と皿の間には、柘榴《ざくろ》やなつめ、オレンジなど、取れたての果物が飾り置かれており、中央部には、煮詰めた果汁で色をつけた、卵白焼き菓子のマカロンが綺麗な塔を作っている。

どれも口にしたことのないごちそうだ。

目の前に置いてある金の箱には、式の前、ヴィンセントが手から食べさせてくれた、チョコレートという高級菓子がある。

口にしたのは一粒だけだが、あの蕩ける甘さを思い出すだけで、空腹が増してしまう。

(ある意味、ものすごく、拷問《ごうもん》……)

食べたい。でも、食べる時に顔を見られる、あるいは食べる所作で、アンネッタ姫ではないとばれたら、今までの苦労が水の泡だし、こんな状況に陥ってなお、よくしてくれているヴィンセントにも申し訳ない。

両手でお腹を押していると、従兄弟《いとこ》だとか言う隣国の王子と話していたヴィンセントが、手にしていた杯を置いてアンナへ向き直る。

「具合が悪くなったか」

流れるような仕草で手の甲でアンナのヴェールを押す。さらりと布が揺れ、ヴィンセントの指節が頬に当たる。

布が肌を滑るくすぐったさと、不意に肌へ伝わる男の熱にびくりとした。

「あ……、ごめんなさい。そうではなく」

「顔色が青いようだが。ちゃんと見てもいいか」

先ほどまで頬へ触れていた手の甲が、ヴェールの上を滑り降りる。

男の指は、すぐさまレースで飾られた縁《ふち》に辿《たど》り着き、するすると端をたぐり寄せていく。

「やっ……」

顔をさらしてしまうのが怖くて、つい、ヴィンセントの手首に両手ですがる。

急な動きに驚いた彼が目を大きくした。

夫を嫌うような仕草をしたのだ。失態だ。

焦り赤くなっていると、彼はますます目を開き、それからやや視線を逸らして息をつく。

「どうした。人前で顔を見られたくないほど疲れたか」

「そうではなく、いえ、それもあるのですが、あの……ヴェールを上げると、その」

まるで要領を得ないことばかりを口にする。

顔をさらして、花嫁がアンネッタ姫でないとばれたら、困るのではないのですかと言いたいが、周囲に耳目がある以上、はっきりと伝えづらい。

だからといって、顔を寄せ、耳打ちするのも、貴婦人の仕草としてはしたなくないか。

「あの、ヴェールは、許してください……」

「アンナマリア……？　お前、無理をしているのでは」

「私が、顔を見せるのは……」

周囲に見られそうになった恐怖から肩を小さくしていると、ヴィンセントはドレスをきつく握るアンナの指に手を重ねた。

「思い出した。お前は人見知りだったな」

ヴェールから指を離されたことに安堵した途端、ぐうっとお腹が鳴ってしまう。

「……ッ、う」

泣きそうだ。ここまで我慢してきたと言うのに。

唇を噛んで赤くなっていると、ヴィンセントが心持ち緊張を解いた声を出す。

「なるほど、そっちもか」

震える手を夫の指がいたわり撫でる。親密で優しい動作に、不意に胸が苦しくなった。

「ごめん、なさい」

「謝るな。気づいてやれなくてすまなかった。……エルメリーナ」

垂れ幕の陰に控えていた侍女頭を呼び寄せる。

エルメリーナは、白いものが混ざりだした黒髪を指で整え、片手を挙げた。

すると控えていた他の侍女たちも集まり、アンナに立席をうながす。

「あの……」

予定では、この後、婚礼の踊りをヴィンセントとしなければならない。

他にも、宴席の間延びを防ぐため、演劇を見て労うという仕事も残っている。

離席していいのか戸惑っていると、ヴィンセントは鷹揚な仕草で片手を上げた。

気づいた客や臣下たちが、踊りやおしゃべりを止める。

「申し訳ない。……妻がやや人酔いしたようだ。少し休ませることを許してほしい」

うかがうような調子を取っているが、否を許さない強さが言葉に見え隠れする。

大丈夫かしらと、立ち上がりながら気にしていると、彼は意味深な流し目をアンナへ送り、それからにやりと唇の端を吊り上げる。

「宴などより大事な仕事が新妻には残っているからな。私の相手をするのだ。ここで疲れ果てさせる訳には行かぬ」

一転して、ヴィンセントは弾む声で面白そうに告げる。

声が響き渡った瞬間、どっと男たちが笑い出し、女たちはきゃあっと悲鳴を上げる。

祝杯だとの声が連なり、あちこちでまた乾杯が繰り返される。

騒ぎはますます楽しげになり、席を出ていくアンナを気にする者は居ない。

侍女たちは心得た動きでドレスの裾を持ち、アンナを補佐しながら、段の脇を通り抜ける。

大広間から裏へ繋がる通路に入り、昨晩から使っている部屋に戻った途端、侍女たちが婚礼衣装を脱がせだす。

「あっ、あの……、この後にも、私はまだやることがあるらしく……脱ぐのは」

婚礼の流れを聞いていたが、宴が終われば床入りで、二人揃って眠れば終わる。

だが、ヴィンセントの口ぶりでは、もう一仕事しなければならなさそうだし、招待客もそれを楽しみにしていたようだ。

聞き漏らしとそしられる恥を忍んでエルメリーナに尋ねると、彼女ではなく着替えを手伝っていた若い侍女たちが、ぷっと小さく吹き出し笑う。

「……もう一仕事どころか、三仕事ぐらいなさるのは、公爵閣下ですもの」

「そうそう。奥方様は大船に乗ったつもりで、身を任せておけばよろしいのですわ」

布を張った杉板の浴槽に入ると、お湯で身を清められる。

その間にも、侍女たちはくすくす笑うばかりで、アンナの疑問に答えてくれない。

途方にくれているうちに、真新しい下着を渡された。

（すごく……薄い……）

ドレスの下に来ていた絹のシュミーズも薄かったが、渡されたものはそれよりさらに薄い。

襞《ひだ》が重ならない部分などは、肌の色がわかるほど透けている。

着方も上からすっぽりかぶるのではなく、前合わせになっており、胸元とみぞおち、へその上の三カ所をリボンで止めるだけだ。

寝相が悪ければ、あっというまに夜中に脱げてしまう。

（身体の線も見えているなんて、恥ずかしい）

侍女たちに見られていても落ち着かないのに、この姿でヴィンセントの前に出なければならないなんて。

羞恥に震える身体が、赤く染まっていくさまをぼんやり眺める。

「あの、どうしても……これ、を？」

「もちろん。……初夜ですから、これでも控えめですわ」

リボンを結んでいた侍女がにっこり笑う。

「そうそう。慣れてきたら真っ赤や黒も趣《おもむき》があっていいですよ」

「わざとストッキングを履きっぱなしにしておいたりね」

髪を乾かし、纏めていた別の侍女二人がかけあい、意味深に笑う。

「胸の上と下にリボンを通して結んで強調する下着、アレ、すっごく盛り上がったわよ」

話題となっている格好をした自分を、想像してみようと奮闘する。が、あまりにも扇情的な姿だと途中で気づき、アンナは顔を上気させうつむく。

けれど侍女たちは、もうさほど仕事がない気易さと、宴で少し呑んだことで、やや興奮気味になっている。

「ほんとに？　でも、うちの亭主は生真面目《きまじめ》だからなあ。けしからん、とか言われそう」

「そういうのに限って冒険好きなのよ」

うふふ、おほほと笑っていて、楽しそうだとは思うものの、なんだか会話に入りづらい。

「ほらほら、アンタたちの旦那の趣味を、初心《うぶ》な奥方様に吹き込んでどうするつもりだい。ヴィンセント様が仰天なさるよ」

エルメリーナが呆れると、彼女らは「はぁい」と甘ったるく答え、風呂の片付けやアンナの身繕《みづくろ》いと、各々の作業に戻る。

艶が出るまで銀髪を解かされ、最後に、毛皮の縁取りがある天鵞絨《ビロード》のガウンを着て寝支度が終わる。

(敷布に入るまでは、ガウンを着ていいのね)

裸同然の姿でなくなったことにほっと息をつく。

(それにしても、結婚したら、こんな下着で寝なければいけないだなんて)

——夫と床を共にするのだから、寝ている間もおしとやかにして、相手の睡眠を邪魔するなということなのだろうか？

きっとそうだ。

でなければ、こんな脱げやすい下着で過ごす意味がわからない。

身体を締め付けるコルセットやドレスから解放され、ずいぶん気分が楽になる。

緊張していた頬を緩ませていたアンナは、エルメリーナに言われ猫足のソファに座った。

「さて、腹ごしらえして、戦いに備えないといけませんね」

またも意味がわからない。なにと戦うというのか。

先ほど侍女から、ヴィンセントに任せておけばいいと聞いた。

なにと戦うのかわからないが、危ないことはないだろう。それに、財務侍女であるアンナより、軍人公爵と呼ばれるヴィンセントのほうが、戦に長《た》けている。

だったら、変にアンナが気を回して動き回るより、相手に委《ゆだ》ね、足手まといにならないようにするだけだ。

着替えの間に席を外していた侍女が、銀盆《ぎんぼん》を持って戻って来た。

大広間でアンナの目の前にあったごちそうが、少しずつ綺麗に盛られている。

嬉しさに思わず声を上げ、一皿ずつ丁寧に味わう。

冷えていたが、若鶏の丸焼きも、野菜や魚も、すべてが今まで食べたことがないほどおいしかった。

口直しである果物の皮を侍女が剥き終えるのを待っていると、別の侍女が入ってきた。

「公爵閣下からこれもお持ちしろと。奥方様が気に入られたようだから、と」

絹布に包んだ小箱を捧《ささ》げ持っている。チョコレートだ。

「でも、そんなに沢山、貰っていいのでしょうか」

遠い国からの輸入品で、同じ量の金塊と取引されるほどの高級菓子だ。

「受け取られてください。おそらく、大奥方様からのお祝いでしょう」

当たり障りのない断りを考えていたアンナは、エルメリーナに言われて驚く。

「大奥方様がいらっしゃっていたんですか？　宴から？」

大奥方様とは、ヴィンセントの母のことだ。

けれど、聖堂で行った挙式には参列していなかったし、親族だけの朝食会にも顔を見せなかった。

身代わりの娘だから、会う価値もないと思われているのか、あるいはヴィンセントが会わせなくてよいと判断したのか。いまだ顔を見ていない。

「大奥方様なら、広間の端にいらっしゃいましたわ」

どんな人かアンナが聞くより早く、一番若く、それだけに落ち着きのない娘が答える。

「それがねえ、喪服《もふく》に黒ヴェールまでかぶっていらっしゃって。大奥方のジュリ……っ！　いたっ！」

「おや、ごめんよ。あんまりさえずるから、つぐみかと思ってフォークを刺しちまった」

おしゃべりを注意したかったのか、エルメリーナが素知らぬ顔で酷《ひど》いことをする。

侍女は肘を擦っていたが、エルメリーナから一にらみされて背を伸ばす。

「まあそういう事ですよ。ちょっと喪に服してらっしゃってねえ。秋ごろには明けると思うのですが。遠縁のことでもやらないと、うちの司祭がうるさいんで」

片付けかけていたフォークを握り、先を振りつつエルメリーナが説明を引き取る。

「ご挨拶ぐらいしていたほうが、よかったのでしょうか」

「いえいえ。私ら同様、大奥方様も、アンナ様が花嫁となられた事情は存じてます。……落ち着いたら、追ってヴィンセント様が引き合わせてくださいますよ」

会話としてはおかしくないけれど、なにかが引っかかる。

エルメリーナの声が少し低いこととか、侍女たちがこっそり目配せすることとか。

（……身代わりだとは思わなかったから、気を悪くしていらっしゃる、とかかしら）

姫を義理の娘に迎えると夢見ていたのに、侍女のアンナが来た。だから、へそを曲げたのかもしれない。

だが、それをそのまま伝えると、アンナが傷つくと思い、エルメリーナたちは気をつかってくれているのだろう。

（優しい人たち。アンネッタ姫殿下も、知ってたら破談なんか考えなかったはず）

申し訳なさと、それとは違う、理解不能な胸の痛みがチクリと走る。

なぜだろう。首をかしげ、侍女が持つチョコレートの箱を見ているうちに気がつく。

（そうか、私のものではないからだわ）

アンナは急ごしらえの身代わり。

ドレスも、お祝いのチョコレートも、宝石も、すべて、アンネッタ姫のために用意されたものだ。アンナのものではない。

それが寂しくて、悲しいのだ。

（これは、今だけの夢幻《ゆめまぼろし》。永遠を求めるなんて贅沢《ぜいたく》だ）

すべてが終われば、またちっぽけなアンナに戻る。当たり前のこと。

そう考えていると、エルメリーナが眉を下げ溜息をついた。

「アンナマリア様。……正直に言いますとね、私たちは嬉しいんですよ」

「え？」

アンナマリアという真名《まな》と、思いがけない台詞に頭を跳ね上げる。

「侍女をこきつかったあげく、腐った卵を投げる。そんな高慢ちきな姫の世話なんて、憂鬱《ゆううつ》この上ないですから」

そうだという風に、侍女たちが次々にうなずく。

「それに、そういう姫に付き従っているフェラーナ王国の侍女だって」

言葉を区切り、エルメリーナは顔を天井に向け、角笛《つのぶえ》型の焼き菓子を鼻に乗せる。

それから、滑稽《こっけい》な仕草でドレスの裾を摘まみ、大きな尻を揺らしながら周囲を巡りだす。

「こんな、ふうに、気位ばっかり高くして、澄ましているに、決まってるんですっ」

鼻に乗せた菓子を落とさないように歩くエルメリーナの姿に、吹き出してしまう。

「そんなことは………少し、あるかも？」

笑いながら言うと、ほらね、と答え、エルメリーナはお菓子を口に放り込む。

「ガスタラは、フェラーナほどお上品な宮廷ではないですから。あまり難しく考えず、奥方生活を楽しめばよろしいんです」

ねえ、とエルメリーナが目配せした途端、皆が一斉に笑いだす。

「……ヴィンセント様だって、ちゃあんと考えておられますとも」

神妙な顔で締めくくられ、アンナははにかむ。

――これは、夢だ。なら、覚めるまでは笑っていよう。

めそめそしてエルメリーナたち、なによりヴィンセントをうんざりさせるのは違う。

(泣くのは、現実に戻ってからでいい)

少しでも迷惑にならないように、負担にならないようにしなくては。

だから今は笑っているべきだ。結婚したばかりの姫らしく。楽しく、幸せそうに。

自分の気持ちに戒《いまし》めをかけながら、アンナはしっかりとうなずいた。


宴の裏側で、侍女たちとお菓子を摘まみながら、たわいない話をして過ごす。そうして二時間ほど経った頃だろうか。

夜半を示す教会の鐘がなると、すぐに寝室担当の侍女が現れた。

「公爵閣下が、宴を抜けられます」

短い伝達に、胡椒《こしょう》のようにぴりりとした緊張が走る。

世間話に興じていた侍女たちも、さっと立ち上がり居住まいを正す。

いよいよ初夜の儀が始まるのだ。

真新しい銀の燭台《しょくだい》を手渡され、言葉も少なく城主――ヴィンセントの寝室へ向かう。

皆が緊張している。もちろんアンナも別ではない。

一歩ごとに鼓動が速くなり、寝室の前へ来た時には、心臓が口から飛び出そうになっていた。

「先に進まれてください」

扉が左右に開け、廊下より少しだけ冷たい空気が、アンナの髪を踊らせる。

つい先ほどまで空気を入れ換えていたのか、一瞬だけ爽やかなレモンの匂いが漂った。

だが、中へ足を進めるほど、室内の香りは濃密で甘いものへ変化する。

──乳香だ。

教会で儀式がある時に焚《た》かれるもので、神聖さの象徴とされる樹脂香料。

だが香りを探っていると、単純に乳香だけを焚いている訳ではないと気づく。

薔薇とシナモンが混じった、複雑でぼうっとするような匂いが混じっている。

中へ入ると、天蓋付きの大きな寝台の前に数人の男が居た。

司祭と、それを補助する見習い。新郎の剣を預かる騎士。一際目立つ夫──ヴィンセント。

その四人がアンナを待っていた。

知らぬうちに止めていた呼吸を継ぎ、そっと足を床に滑らせる。

手足の先がピリピリする。

ぎこちなく歩いていると、真っ直ぐにアンナを見ていたヴィンセントと目が合う。

彼は上着を脱いでおり、シャツにぴったりとした黒いズボンだけのくつろいだ姿だった。

手にした燭台の炎が、ヴィンセントが持つ深紅の瞳をきらめかせた。

ほとんど明かりのない部屋は暗く、だからこそ、光に照らされた彼の顔の端正さや、軍人として鍛えられた肉体の美しさが目立つ。

わずかに細められた瞳から、牡《おす》の眼差《まなざ》しが垣間見《かいまみ》え、アンナは胸元をぎゅっと握る。

服を通して、肌を見られているような恥ずかしさを覚え、喉が渇く。

わななきだす唇をどうにかしたくて舌で湿らすと、ヴィンセントの目に宿る欲求の影が一際濃さを増した。

心臓を鷲掴《わしづか》みにされたような衝撃を受け、部屋の半ばで立ち尽くしている中、司祭が咳払いした音で我に返る。

（駄目。雰囲気に呑まれている場合じゃないわ。しっかりしなきゃ。それにこれは白い結婚）

本当の初夜ではない、だから、もっと肩の力を抜いても大丈夫。

そんな風にして自分をはげますけれど、どうしても気が落ち着かない。

「大丈夫か」

「はい。ごめんなさい」

顔どころか、首や耳まで燃えそうに熱い。

思えば、昨晩から、心配されては謝ってばかりだ。

申し訳なさを含めつつ、横目でヴィンセントをうかがうと、彼ははっとした顔を見せていた。

再び司祭が咳払いする。エルメリーナが言っていたように、少々、厳しい聖職者のようだ。

司祭の前にヴィンセントと共に並び立つ。

産み、育て、地に増えよ。

司祭がしわがれた声で祝福の詞《ことば》を述べると、見習いが、聖水に浸されていた純白の薔薇の花弁や、銀の粒を振りかける。

最後に全員で十字を切り、恵みあれとの挨拶を残し、司祭たちは出て行く。

乾いた音を立てて部屋の扉が閉まり、ヴィンセントとアンナだけが残された。

（おかしいわ）

儀式は終わった。なのに、先ほどよりずっとずっと緊張している。

（後は二人とも寝床に入って眠るだけ。なにもないのに）

白い結婚は夫婦の契《ちぎ》りがない。強制力がわずかばかりきつい婚約のようなもの。

妻が処女――子をなす行為をしていないため、離婚すらも許される。

アンネッタ姫の代理であるアンナも、当然、そう扱われるべきで……これ以上なにもない。

――はずだった。

「アンナ」

名を呼ばれ、横に居る仮初めの夫を見上げ、息を呑む。

燭台に照らされ、陰影を増したヴィンセントの顔に、得も言えぬ色気がにじんでいた。

どきりとして一歩後ずさろうとしたが、それより早く、腰に逞《たくま》しい腕が巻き付く。

「あっ……」

うろたえた声が落ち、身体が引き寄せられ、いつのまにか頬を男の胸板に伏せていた。

どくっ、どくっと、強く激しい鼓動が、触れあう身体を通し伝わる。

「やっと、二人きりになれた」

腰の裏側で手を組まれ、腕にアンナを閉じ込めたままヴィンセントが微笑む。

「そう、です……ね」

不意の接触に驚くも、突き飛ばしていいのかどうか迷う。

相手はこの公国の君主であり、アンナの生殺与奪《せいさつよだつ》を握っている。お芝居でも、騒いで初夜を台無しにしたら問題だ。

礼節と貞節、二つの節度を守らなければ。

胸に手を当て、乱れかける息を慎重に継ぎヴィンセントと視線を合わすと、彼は優しく目元を和ませた。

「緊張しただろう。……食事もとれぬ様子だったし」

控えめにうなずけば、腰を抱く手にきゅっと力が籠もった。

（公爵閣下も緊張されたのかしら）

国を挙げての祝い事ということで、臣下だけでなく、周辺諸国からの貴人や外交官まで集まっていた。

なのに花嫁は急ごしらえの偽物。

もてなす側であるヴィンセントは、気苦労が絶えなかっただろう。

それでもそつなく対応し、ガスタラ公国は安泰であると印象づけなければならない。

(山を越えて、ほっとされているのだわ)

嬉しそうにアンナを抱く理由など、それぐらいしか思い当たらない。

祝杯もかなり受けていた。酔って上機嫌になるのもわかる。

——大人の男性なのに、案外、無邪気で可愛らしいところもある。

微笑ましさにアンナが口元をほころばすと、ヴィンセントは急に真顔になった。

「その顔だ。……やっと、自然に笑ってくれたな」

「公爵閣下?」

「今朝から気を張り詰めた笑顔だった。アンナにそんな表情をさせるなど、私は、ずいぶんと酷いことを強いてしまった。ずっとずっと助けてやることもできなかったのだな、と……」

堂々としている彼らしくない、濁した語尾が気になってしまう。

(ずっと助けてやることもできなかった?)

いや、充分過ぎるほど助けてくれた。アンネッタ姫が逃げたことで責められているアンナを庇い、身代わりの花嫁となることに戸惑う中、それとなく気を回してくれていた。

気まずい沈黙に耐えきれず、アンナは少しだけ背を反らせ、彼の身体との間に隙間を作る。

「あの、公爵閣下が気に病まれることではないかと。……元々は、私の主のわがままでご迷惑をおかけしたのが原因ですし」

持ち上げた手でそっと彼の胸を押すと、ヴィンセントの眉根が寄せられる。

そして、離れようとしたことがよくないという風に、アンナの身体を強く抱く。

「公爵閣下……、あの」

「二人きりなのに、公爵閣下だなどと、よそよそしく呼ばないでくれ」

唐突に首筋へ顔を埋められた。

剥き出しの肌に男の熱を持つ吐息がかかり、ぞくんとしてしまう。

快とも不快とも言えない未知の感触にうろたえるアンナの耳元で、ヴィンセントが囁く。

「大切にする。一生。私と結婚したことを後悔させない」

「そんな、大げさな……。それに、結婚は」

緊張はしたが、終わってみればちょっとしたお芝居だと思える。

身代わりを演じたとばれれば、軽率とそしられるだろうし、純潔を疑われ、簡単に結婚することはできない。だが、国同士が戦争するよりはましだ。

「閣下がそこまで責任を感じられずとも」

「感じるさ。……感じなければならないことを、これから、するのだから」

「え？」

謎かけじみた独白に目をみはった瞬間。首筋に顔を埋めていたヴィンセントの唇が、強く押し当てられる。

柔らかく湿ったものが肌に触れた。

それがヴィンセントの唇だと気づいた瞬間、身体は急激に熱を持つ。

なにかの間違いだと思う間もなく、唇は徐々に襟元から鎖骨、喉を辿《たど》って耳の側へ至る。

「あの、一体……なに、を？　公爵、閣下？」

身をよじって逃げようにも、左手で腰を抱き、右腕で背を支えられては動けない。

どころか、後頭部を掴まれ、顔の傾きを固定されてしまう。

「あっ！」

濡《ぬ》れた音がして耳朶《じだ》をはまれ、びりっとした刺激が肌を疼かせる。

そんな場所を甘噛みされるとは思わなかった。身体が小さくびくりと跳ねる。

「あっ、あ……、なに……を」

突然混乱の最中に突き落とされ、まともな問いが思い浮かばない。

柔らかい耳が歯で挟まれ、男の口腔《こうこう》でねぶられる。

濡れた音がくちゅくちゅと響くたびに、心が乱された。

手で男を突き飛ばせないどころか、その身体を覆うシャツを掴みすがってしまう。

「やっ……、なんの、お戯《たわむ》れを……っ」

耳殻を噛まれ、不意打ちの刺激に声が詰まる。

得体の知れぬ疼きが、肌から肉へ響き、血へにじみ、そして全身を犯しだす。

たまらず顔を上げ、唇を開きわななかせると、ヴィンセントが告げた。

「大事にする」

「えっ……！」

低く掠《かす》れた声が鼓膜を震わせ、脳髄《のうずい》を甘く溶かす。

「大事にする。もう誰にも、なににも、傷つけさせない。だから……なにも聞かず、私にすべてを許せ。ずっと側に居ろ」

抑えきれない激情をにじませ、ヴィンセントが一方的な気持ちを伝えてくる。

愛の告白としか思えない台詞に、アンナの心が大きく動揺した。

（一体、なにを言われているの？）

初夜の床《とこ》、夫と妻、抱き合い囁く内容としては自然だ。

女であれば夢にまで見る幸せな時間だが、身代わりの花嫁であるアンナにとって、理解不能な状況でしかない。

理由がわからない。愛されて結婚した訳ではなく、結婚さえ偽りだと言うのに。

ヴィンセントとはいずれ離婚しなければならない。それなのに、どういうつもりなのか。

真意を知りたくて唇を開けば、素早く身を起こしたヴィンセントが、襲いかかるようにしてアンナの口を塞ぐ。

「ふ……うっ……んっ！」

結婚の成立を意味する、祭壇の口づけとは違う。

奪い、絡み、交わろうとする明確な意志を持つ男の舌が、混乱に逃げ惑うアンナの舌をねぶり、すり寄る。

奇襲を果たしたヴィンセントの舌は、アンナにおびえる時間すら与えぬまま、口腔をねっとりと舐め回しだす。

頬の柔らかい部分を這《は》い回り、尖らせた舌先で歯列や歯茎を丁寧になぞる。

掬い上げられたアンナの舌は、ぬるぬると卑猥《ひわい》に揺らされ、とろとろに溶けだしていく。

肉厚でぬめるそれに中を掻《か》き回されるごとに、頭の中に火花が飛び散った。

嵐のように思うまま中を蹂躙《じゆうりん》し、拒むことを許さず、自身を受け入れさせようとする動きは傲慢《ごうまん》で——そして、強烈だった。けれど不快ではない。

意に従わせんと押す一方で、アンナの身体を支えるヴィンセントの手は優しく、心をなだめるよう背を擦る。

今までに知ることもなかった興奮が腹の底を灼《や》く。

身体がわああっと熱を持ち、肌が恥ずかしいほどに火照りだす。

心臓が壊れそうなほど脈動し、身体を巡り続ける疼きが手指の先を震わせた。

りと切れた。

「う……ん、んん」

息苦しさに喉が絞まり顔をしかめた瞬間、唇がほどかれ、糸となった唾液が二人の間でぷつ
数秒か、あるいは、数十秒か。

酸欠で朦朧《もうろう》とする頭のまま考えるが、よくわからない。

ぼんやりとした目を男に向けると、彼は先ほどより瞳に宿る情欲を強くしながら、今度はつ
いばむように唇をはみ、その合間に告げる。

大事にする。側に居ろ。すべてを委ね、許せ。と。

声、あるいはただの震えとして刻まれる音が、麻薬のようにアンナの理性を惑わせていく。

妻として求められているような台詞と情動に、強ばっていた身体から徐々に力が抜けた。

抵抗が弱まったのと同時に、ヴィンセントの手がアンナの身体をなぞりだす。

腰骨から背筋、肩と撫でられる。ガウン越しに感じる手は力強く、熱い。

絶妙の間合いで口づけがほどかれ、また重ねられるごとに、繋がる時間が長くなる。

そうなると当然、息継ぎの間隔も開き、みるみる呼吸が上がった。

「は、あ……あっ、むぅ……んんっ」

濡れた音と互いの呼吸音が大きくなるに従って、声が甘いものに変化する。

じりじりと内側から上がる体温は、焦燥感と疼きを呼び起こし、じっとしているのが苦しい。

身をよじると、背中に当てられていた男の手が離れた。

その隙を逃さず一歩下がると、また男の手に肩甲骨が当たってしまう。

は、と息を詰めると、開いた距離を縮めるようにヴィンセントが身を乗り出し、前に出る。

恐れと戸惑いを目にうつしながら相手を見つめると、彼はまぶしいものでも見るように目を細め、素早く両手をアンナの首筋に触れさせ、そのままガウンとシュミーズの間に手を差し込み肩を撫でた。

力を失い、脇に下ろされていた腕をガウンの袖が滑る。

布が床に落ちた音で我に返ると、ヴィンセントが口元に妖艶な笑みを浮かべていた。

獣性を帯びた男の眼差しが顔から喉、胸元へと落とされる。

——一体なぜ。

考えていたアンナはすぐに答えに辿り着く。

枕元にある燭台の炎が、シュミーズに包まれた女体を照らす。

暖色の光が、透ける布越しに、まろやかな女の身体を浮き立たせていた。

胸の膨らみや尻の線が、揺れる灯火によって、この上なく艶《なま》めかしく強調されている。

入浴などで見慣れている己の身体が、違うもののように色香を放つ。

そのことに目眩を覚え、アンナはくらくらとしてしまう。

（どうして、こんな……）

淫らで生々しい光景は、閉じたまぶたの裏にも焼きついていて、非日常さと興奮を煽《あお》る。

自分でも卑猥に見えたのだから、異性であるヴィンセントにはどう映るのか。

思い当たった瞬間、火を噴くほどの羞恥を覚えた。

「だ、めっ……これ以上、は……」

理由もわからぬまま、身体を許すのはよくない。

かろうじて残っていた貞操を奮い起こし、男から逃れるためにアンナはさらに後ろへ下がる。

が、すぐ膝裏に柔らかいものが当たり、アンナはよろめいて背後へ倒れた。

「きゃっ……！」

目を開けた時には、たっぷりと羽毛を詰め込んだ布団に身体を受け止められていた。

身体を覆う薄衣の端が、白い花弁のように舞い上がり、静かに肌へと落ち着く。

はっとして肘をつき、身を起こす。

けれど次の瞬間にはヴィンセントが覆い被さり、四肢を使ってアンナの身体を閉じ込めた。

熱風のような男の吐息が肌を撫で、その感触に身をすくませる。

「どう、して……こんな、ことを？」

不安と困惑に目を潤ませ、ヴィンセントを見上げる。すると彼は一度だけ唇を噛み、告げた。

「夫が妻を抱くのに、なんの理由が？　まして初夜に？」

「そんな。初夜もするつもりだなんて、私……」

うろたえ震える語尾のまま問う。

「私は、最初からそのつもりだったが」

一片の動揺も見せぬまま口にし、ヴィンセントはアンナの額に己の額を触れさせる。

「それとも、花嫁になるといった約束を違《たが》える気か」

「ですが、花嫁と言っても、私は身代わりで……んんっ！」

拒む理由を探す唇をまた塞がれた。

今度は、一方的に圧倒するのではなく、甘く誘うように舌先で唇をなぞったり、ついばんだりする。

そうしながら手の甲で額や頬を撫でていく。

男の身体から発される熱に煽られる。

炎のようにじりりと肌が炙られる感覚に耐えきれず身をよじると、先を読んだヴィンセントの手がするりと喉をつたい、胸元へ降りる。

「いずれにしろもう遅い。……お前を、手放す気はない。二度と」

「ああっ！」

突然膨らみを包まれ、どきりとし、なにを言われたのかもわからなくなる。

驚きから背筋がしなると、まるで男の手のひらに乳房を押しつけるような形となった。

「やっ、あ……」

柔らかい肉の感触を楽しむように優しく揉《も》まれ、そのたびに、ぞくぞくとしたものが爪先から頭まで走り抜けた。

男の手の中で自在に形を変える膨らみの先が、徐々に芯をもちだす。

己の身体が淫らに変化していく。こんな風に変わってしまう理由がわからない。

誰の手でもなるのか、それともヴィンセントだから……夫であるからなのか。

結婚の儀式の間に、自分の身体まで変わってしまったのか。

未知の感覚におびえる処女の身体が、アンナに首を振らせた。

赤子がむずがるような仕草は、けれど、男の目には甘えねだるものと見えたようで、胸を包む指は力と大胆さを増す。

「んあっ……あ、ああっ……ど、して」

ぐにぐにと強弱をつけて弄《もてあそ》ばれる膨らみは、徐々に熟れ、重みと敏感さを増していく。

ふとした弾みに先端がシュミーズに触れると、それだけでびくんと肩が跳ねた。

「そんな、初夜は……白い、結婚だと……私は、違うのに」

身を支配していく媚熱《びねつ》に浮かされ、アンナが息継ぎの合間にこぼす。

するとヴィンセントは手を胸に添えたまま、頭をもたげだした花蕾《はなつぼみ》の周りを親指でくるくるとなぞり、答えた。

「一度も、白い結婚や身代わりだなどと言った覚えはない」

アンナの痴態に煽られたのか、少しだけ息を速まらせながらヴィンセントが告げる。

「ですが、本当の花嫁は……アンネッ……タ……ンンぅっ……！」

「言うな。お前でなんの不都合もない。……抗《あらが》わず、ただ受け入れろ」

言い切ると、ヴィンセントは唐突に両方の乳首を指で摘まむ。

「ああっ！」

今までとはまったく種類の違う衝撃に穿《うが》たれ、腹の奥がきゅうっと甘く引き絞られる。

シーツから背が浮き、アンナの銀髪が千々《ちぢ》に乱れ、胸が激しく上下しだす。

全力で走った犬のように息を急《せ》きながら、目を大きく見開く。

側面を摘まみ、こより、頂点を指の腹で軽く叩かれる。

種類の違う刺激ごとに、肌がざわめき、その下に埋もれるなにかが芽吹こうとする。

頼りなげに布を持ち上げていた胸の尖端《せんたん》は、男の指で弄ばれるごとにさらに硬く、大きく膨らみ、果実のように鮮やかに色づく。

焦《じ》れったい。

知らないことに対する不安と、感じたことのない悦《よ》さに翻弄される意識の底で、じくりと疼きだす思いがあった。

もっと、もっと触れられたい。そして触れたい。

その衝動がなにかわからないまま、アンナは身をくねらせる。

興《きょう》が乗ってきた女体に気づいてか、ヴィンセントは胸から手を離し、指で弄《いじ》っていた場所に己の顔を近づけた。

「やっ……あああっ」

思わせぶりに口を開かれ、その赤さと生々しさに目が釘付《くぎづ》けとなる。

そんなアンナの目の前で、男は舌を突き出し、根元から先端までを使い、胸の尖りをざらりと舐める。

濡れた感触が熱を纏い肌を辿る。

指とは違う淫靡《いんび》な感触に、心臓が壊れそうなほど大きく跳ねた。

「あんっ、あ、ああっ」

媚《こ》びだした女の喘《あえ》ぎが鼓膜を打ち、アンナは身悶《みもだ》える。自分の声が恥ずかしい。

ころころと子どもが糖蜜菓子を味わうように、胸の花蕾が男の口でなぶられる。

心地よい痺れが絶え間なく訪れ、徐々に意識が朦朧《もうろう》としていく。

膝を立て、かかとでシーツを蹴って逃れようとするのに、滑らかな絹地を捉えきれない。

甘い苦悶《くもん》から逃れようとくねり泳ぐ腰は、すぐさまヴィンセントによって捕まえられる。

「ひあっっ……！」

はち切れんばかりに膨らんだ乳房に歯を立てられた。

ちりりとした痛みを感じたのも一瞬、刺激はすぐさま愉悦に変わる。

身体中の神経が剥き出しになったようだ。

初めてだと言うのに、男の指の触れ方や、力の込め方一つで驚くほど反応してしまう。

ろくに知識もないのに、この反応が淫らだということは本能でわかる。

男を求めるように揺れ、震える身体が恥ずかしくて肩をすくめると、胸を愛撫《あいぶ》していたヴィンセントが身を乗り出し、耳の付け根へ唇を触れさせた。

ちゅ、と音を立てて肌を吸われた途端、抗《あがら》いようのない疼きが耳から胸へ、そして触れられてもいない下肢へと走り抜けた。

「あっ、は……あっ！」

反応を引き出し、手なずけようとする男の手によって、処女の身体が拓《ひら》かれていく。

意志に反し降伏しようとする身体を、なんとか理性で繋ぎ留め、頭を枕から浮かす。

「も、……やめ……、て」

ほうほうの体で訴えるも、ヴィンセントは聞き入れない。

耳の側に顔を寄せたまま、手で大胆に腰から胸元を撫であやす。

「拒ませない」

命じる台詞なのに、声は酷く甘い。

「受け入れろ。……我慢すればするほど、辛《つら》くなるだけだぞ」

腰を撫でていた手が下腹部をかすめ、シュミーズの裾を割り、脚の付け根を引っ掻く。

両脇をリボンで留めるだけの下着は、その動きだけで解け、シーツの波間へ消えた。

「ふっ……ンンッ」

普段は下着の内側にある、弱く柔らかい皮膚を爪で擦られると、得も言えぬ刺激がその部分から拡がる。

何度も何度も、同じ強さでそこをなぞられる。

拒みたくて脚を閉ざそうとするが、膝はただ、男の腰を挟むだけ。

「あうっ……あっ……あんっ、んああっ……あ！」

酩酊《めいてい》したように頭の奥がゆだり、ものがわからなくなっていく。

喘ぎ過ぎた口の端からは唾液が溢れ、それが肌をつたい濡らす感触にもいちいちびくつく。

腰奥に溜まり、弾けようとする衝動を抑えるために下腹部に力を入れると、ほころびだした隘路《あいろ》からとろりと蜜が垂れた。

脚の間が汗とは違うものでぬかるむ感触に、情けなく声を上げる。

「ふあっ……あ、なに……？」

「お前の身体は、お前自身の意志より私に素直なようだ」

言うなり、つうっと指先で秘裂をなぞられ、アンナは息を止めてしまう。

「ッ…………！」

びくっと大きく身体が弾んだ。

自分でさえ意図して触れることのない場所を、昨日会ったばかりの男に触れさせている。

羞恥と背徳感がない交ぜとなり、アンナは酷く落ち着きを失う。

「やっ……やぁ……」

たじろぎ、哀れっぽい声で不安を訴える。

するとヴィンセントは、裂け目の縁を辿るのを止め、口元を覆うアンナの手に唇を落とす。

「怖がるな。……なにも、痛めつけようとしている訳ではない」

なだめ、いたわる声に少しだけ呼吸が楽になる。

「ただ、私を受け入れ、側に居てほしいだけだ」

「受け入れ、側に、居る？」

またただ、また同じ事を願われている。

こうして丹念に言葉を重ねられると、自分だけがヴィンセントに求められているような錯覚に囚《とら》われる。

いや、錯覚だろうか。

そもそもヴィンセントは花嫁となるよう迫《せま》りはしたが、それが仮初めだとは一度も口にしていないし、事実、アンナを本当の妻のようにいたわり、尊重し続けていた。

知らず潜《ひそ》め寄せていた眉が緩む。同時に、動きを止めていた男の指が動きだす。

丁寧に、繊細に、怖がらせないように気づかいながら、蜜を含みだした花弁をなぞる。

「断りもなく奪わない。……それだけは約束する」

「あ……」

少しずつ指先の力を強め、根気強く秘裂を拓きながら囁かれ、肩や腕から強ばりが抜けた。

「あ、あ……」

淫唇をなぞられるごとに、ヴィンセントの指が蜜に濡れだし、さらに滑りがよくなる。

開花をうながす慎重な愛撫は、けれど男には焦れるもののようで、蕩けていくアンナの身体とは裏腹に、ヴィンセントの額が汗ばみだしていく。

無理矢理処女を拓き、奪うこともできるのに、そうすることをしないヴィンセントの姿勢に気づき、アンナは突然、笑いだしたくなった。

(拒んで、どうすると言うのだろう)

ここでヴィンセントを拒んでどうなる。

フェラーナ王国に戻って、薄暗い裏部屋で金の見張り番と蔑《さげす》まれながら、侍女として細々と生きるのか。

自分のわがままでアンナを見捨てたアンネッタ姫のために？　あるいは別の王族や貴族のために？　最悪、戦争まで引き起こして？

少なくとも、ヴィンセントはアンナに悪いことはしていない。大切に扱ってくれているし、優しくもしてくれる。

政略結婚の身代わりだ。愛が理由ではないだろうし、目的が見えないのは怖い。

けれど、それがなんなのだ。

どうしてそこまでして自分を求めるのだろうという疑問が、誰かに求められたいという欲に塗り潰《つぶ》されていく。

ずっと一人、侍女として働き生きていく中。誰かに甘えたいと思った日が、一度もなかった訳ではない。

甘える相手も見つからず、未来すら見えないまま、ひたすら日々を過ごすしかなかった。

たとえ嘘でも、偽りでも、夢幻のように短い間でもいい。

この男に求められ、ここガスタラの地で、気のいい人々の中で過ごしたい。

それが大それた望みだろうか。罰されなければならないものだろうか。

音を立てて最後の自制心が崩れ落ちる。

知らず疲弊していた心が、優しさと頼りがいのある男に捕らわれる選択をする。

シーツを掴んでいた手から力を抜き、気怠《けだる》さのまとわりつく腕を持ち上げる。

男の胸元から喉元へと手のひらを滑らせ、肩を掴もうとするが、翻弄され、脱力した指では捉えきれず、彼のシャツを握るだけに終わる。

それでもアンナの意志は伝わったようで、緩く撫で辿るだけだったヴィンセントの指が、ほぐれた花唇を割り拓く。

淫靡な香りが漂い、媚薬《びやく》のように部屋の空気を甘く爛《ただ》れさす。

浅く呼吸を繰り返し、男に身を任せることに覚悟を決める。

けれど脚の間のぬかるみを捉えた指は、それ以上沈むことなく、ただ悪戯に蜜音を立てては入口を掻き回すばかり。

どうしたのだろう。委《ゆだ》ねる態度がはしたなく、突然興味を失われたのか、それとも戯れだったのか。

困惑するアンナがおずおずと視線を送ると、ヴィンセントが厳粛な表情で乞い願う。

「もう、どこにも行かないと言ってくれ」

「……え？」

「どこにも行かない。私の側に居ると誓え。でなければ、これ以上はできない」

眉間にしわを寄せ、わずかに頬を強ばらせながら低い声が告げる。

突然、事の始まりに、ヴィンセントが口にした言葉が思い浮かぶ。

——大事にする。もう誰にも、なににも、傷つけさせない。側に居ろ。

だから身体を許せということなら、アンナの答えなど決まっていた。

「誓います。……許される限り、貴方《あなた》の、側に居る」

決意を口にすると、待ちかねたと言わんばかりの勢いで、男の指が内部へ突き立てられた。

ぐちゅりとはしたないほどの濡れ音を響かせ、未開の場所が暴かれる。

肌ではなく、粘膜を撫でるずるりとした感触は強烈で、アンナは喉を反らし呻《うめ》く。

「ンンぅっ……！」

息を絞ってしまうほど鮮烈で生々しい刺激に、思わず下腹部に力を込めた。

途端に隘路が引き絞り、受け入れたばかりの男の指を締め付ける。

「……狭いな。だが、よく蜜に濡れ、柔らかく熟れている」

うわずった声が腰に響く。どきどきという心臓の鼓動が相手にも伝わりそうだ。

指を含む淫花は、撫でくすぐられることでさらにほぐれ、おのずと蜜を滴らせる。

「ああっ！」

腹側の中程に、触れるだけでびりびりと痺れるような部分があって、そこを触れられると得も言えぬほど感じ、声をこぼしてしまう。

それは相手にも伝わったようで、確かめるように数度指で押し、反応を確かめてから、ヴィンセントは、執拗《しつよう》にその部分ばかりを攻めだした。

指先だけで捏《こ》ねるようにされたかと思うと、今度は指の腹でぐうっと押し上げられる。

我を忘れるほどの快感に襲われ、衝動のままに甘い鳴き声をこぼす。

嬌声《きようせい》は留まることなく漏れ、受け止めきれない愉悦の余波で、太股《ふともも》や指がぶるぶると震えた。

切なさに呼応した隘路がきゅうっと狭まり、行き来する男の指にいやらしく寄り添う。

「あっ、やっ……！　やんっ」

自分のものなのに、思うままに制御できない。

媚態《びたい》を恥じる間を与えず、ヴィンセントは快楽の段を次々に引き上げていく。

出て行くものを惜しむように蜜口がひくついた。

その頃にはもう、指を二本も含まされていて、内部を掻き回されるごとに、ぐちゅ、ぐちゅっと卑猥な音が立つ。

「あああっ、あんっ、あっ……ひあっ……拡げない、で……！」

音が立つほどに滴る蜜が恥ずかしいのか、それとも身体の反応か。ヴィンセントの指に操られるまま、奔放に声を散らすアンナにはわからない。

ただ、ぐるぐると渦巻く熱が、子宮を中心に集《つど》う。

背を反らし、喉をさらし、胸を突き出す。

自身を見下ろす男へすべてを捧《ささ》げるようにして、精一杯身体を弓なりにする。

淫蕩《いんとう》に開いた唇から、声だけでなく舌までものぞかせ喘ぐ。

その様がどれほど男をそそるかなど、気づく余裕もない。

身体の中にわだかまり、疼き、なにかを求めさせる衝動をどうにかしてほしかった。

手を天蓋へ向かって突き伸ばし、溺れないように男の首にすがる。

極彩色《ごくさいしょく》の渦《うず》に呑まれたように視界が歪み、頭の中が蕩けだす。

思考はなに一つとして纏まらないのに、男の指がぐねぐねと内部を蠢《うごめ》くさまだけは、いやにはっきりとわかる。

「も……、駄目っ……ッ！　あっ……ああああっ！」

溜まりきった喜悦が限界を迎え、ついに弾ける。

まぶたの裏が真っ白になり、意識がふうっと飛びかけた。

肩と言わず背と言わず、びくびくと痙攣《けいれん》させながら、アンナは初めての絶頂に身を委ねきる。

激しいほどの快楽に身をのたうたせているのに、ヴィンセントは手を休めない。

充溢《じゅういつ》し、しこりとなったその場所を、より一層ねっとりといやらしく捏《こ》ね、散々にアンナを鳴かし、気をやらせる。

一方で、器用に上着を脱ぎ捨て、下肢の前当てをくつろげていた。

そんなことも知らず、ひたすらに上り詰め、下りることを許されないまま悦《よろこ》びに打ち震えていたアンナは、極めきった隘路から指を抜かれ気を取り戻す。

ひくっと喉がわなないた。ほとんど同時に蜜筒が灼熱《しゃくねつ》によって大きく拓かれる。

「いっ…………あああっ、あっ！」

まるで内部に炎が穿たれたようだ。

ひりつく刺激を感じはしたが、痛いというより、熱くて、重い。

隘路は指によって充分にほぐされ、襞も蜜にまみれていたが、圧迫感からは逃れられない。

喉を限界まで仰け反らし、後頭部を枕に押し当てながら浅く息を継ぐ。

みっしりと内部を塞ぐものの形と熱に、自身の存在までもが押しやられそうで、それが怖くて、いやいやと首を小さく横に振る。

一息に根元まで穿たれ、奥処《おく》に含まされ、息をするのもようやくだった。

そうしてどれほどの時間が経っていただろうか。

「アンナ……」

苦しげでありながら、喜悦と満足に溢れる声で名を呼ばれ、きつく閉ざしていた目をそろそろと開く。

ヴィンセントが、涙で瞳を揺らすアンナを見ていた。

とても愛《いと》しげに見つめられ、痛みにすくんでいた心が静かに解ける。

自然に、相手の立場ではなく名を口にしていた。

「ヴィン……セン、ト様」

すると、少年のように嬉しげにヴィンセントが笑い、アンナの額に唇を落とす。

「辛くないか」

問われ、こくりと唾を呑む。

圧迫感は相変わらずだったが、畏怖と痛みはずいぶん治まっていた。

かすめるような口づけを、頬と言わず鼻先と言わず落とされ、涙の痕跡を舌で拭われ、おびえ、強ばるだけだった肉襞が徐々にほぐれていく。

「苦しくはないか」

自分だってどこか苦しげに眉をひそめているのに、なにより、アンナを気づかい、無理させぬよう探る姿に胸が甘く疼いた。

時間をかけて呼吸を整え、こくりとうなずく。

「だい、じょうぶ」

声にして応えることで、それは確信に変わる。

——大丈夫。怖くない、辛くない。こんなにちゃんと、貴方を受け入れている。

理解した瞬間、花筒がそっと男芯へ寄り添う。

弾けそうなほど膨らんだ亀頭の形どころか、くびれや、脈打つ部分までもを感じる。

そこにヴィンセントの命があるのを感じ、濡襞が誘うように淫らに蠕動《ぜんどう》しだす。

舐めしゃぶり、引き込むような女の動きに答え、内部の屹立《きつりつ》がぐうっと膨らんだ。

「動くぞ」

我慢するのも限界だったのか、ずずっと音が立つほど大胆に腰を引き、すぐさま奥処へ叩きつけられる。

「あうっ……んあっ……あっ、くぅ……っん！」

律動的に動き、穿たれるごとに甘く爛れた喘ぎが寝室に散る。

ずぶずぶと蜜洞に男芯を呑まされ、腰が浮くほど突き上げられているのに、苦しさより多幸感を覚えてしまう。

丁寧に狙いを定めながら、指で感じた場所を尖端でえぐり、奥処に含ませ、そして限界まで引き抜く。

あらゆる技巧をもって女に自身を覚えさせ、離れないつがいにしようとする動きは、淫らで、扇情的で、どこか神聖だ。

突き上げられるままに達し、訳もわからなくなるほど揺すぶられ、官能の嵐に身を任す。

極めるたびに上書きされ、さらに深く鋭い悦楽を刻まれ、声が掠れるほど啼《な》いた。

もうヴィンセントのこと以外、なに一つとして考えられず、思い出せなくなるほど奪い、貪《むさぼ》られ、限界を迎えた狭隘《きょうあい》が痙攣しながらさらに狭まる。

奥処へねじ込むようにして剛直を含まされ、声も出せないまま、ただひたむきに、蜜襞が含む牡根を抱きしめる。

「っ……！」

息を詰め、ヴィンセントがより大きく腰を振り、奥処に尖端をすりつけた。

圧倒的な快楽に打ちのめされる。頭が焼き切れて、真っ白に世界が塗り潰される。

「あああっ……ああっ……！」

精一杯に喘ぎ、恍惚《こうこつ》の余韻に震え気を飛ばすアンナの中で、ヴィンセントは深く屹立を抜き差しし、蜜底へ向かって情動を放つ。

どぷりと音がしそうなほどの白濁を、最後の一滴もあまさず注がれると同時に、アンナは意識を手放していた。

◇◆◇

（……生きていた。生きて、ここに、辿り着いてくれた）

腕の中に居る娘の息づかいや肌の熱を知るごとに、留めようのない歓喜が胸を満たす。

ヴィンセントは妻となったアンナを抱きしめ、しばらく、その小さな身体から放たれる温もりと、牡を包む場所の柔らかさを楽しんでいた。

初めてのアンナを気づかい、痛ませないように丹念に愛撫し過ぎたのか、それとも、元々彼女自身が敏感な質《たち》だったのか。

極めきって気をやったアンナは、ぐったりとしたまま目を覚ましそうになかった。

（このまま、朝までこうしていたい）

ふと腕を緩めれば、夢のように消えてしまいそうな不安が頭の中で揺らぐ。

手放したくない、との思いが胸を支配する。

互いに汗ばみ、しっとりとした肌を重ねたまま眠りたい。あるいはもう一度抱きたい。

つたなく震えるだけだった身体が、花開き、匂い立ち、ヴィンセントを誘い、呑み込み――

その形を覚えていく様が頭をよぎる。

途端に、吐精してなお勢いを失わないものが、女の内部で膨らみを増す。

意識を失っている女体の反応は、緩くひくつくだけだったが、それでも充分に気持ちいい。

これ以上は酷《こく》だとわかっている。

しかし理性とは裏腹に、牡はさらに力を取り戻し、女を穿ちたがる。

ぎりぎりのところで劣情をねじ伏せ、温かい場所からそれを引き抜く。

凶暴なまでにいきるものの尖端から、破瓜《はか》の血で薄桃色に染まった白濁が垂れた。

ヴィンセントは息を止めていた。

今宵《こよい》、自分は、この娘から一つの選択を奪い、自分自身へ結びつけた。

圧倒的な満足感と、なにも知らないだろうアンナを、黙って妻としたことに胸が痛む。

感傷を舌打ちで消し、これ以上、気持ちを引きずられないよう、さらに妻から距離を取った。

淫猥《いんわい》で、男の所有欲をそそる光景から目を外し、用意されてあった布でアンナの身体を拭う。

同じようにして己の身体も拭った後、ヴィンセントはアンナを起こさないように気をつけながら、血のにじむシーツを剥いだ。

肉体の結合がなされ、真に夫婦となった印が残る布を片手に部屋を出る。

居間を抜け扉を開くと、新郎の剣を預かり、夜を守る役を担う騎士はおらず、代わりに、腹心のグイドが腕を組んで壁に寄りかかっていた。

グイドは、乳母であり嫁ぐ前から母の侍女でもあった、侍女頭エルメリーナの息子で、ヴィンセントには乳兄弟《ちきょうだい》に当たる。

彼は無精髭《ひげ》が目立つ顎を手で撫でながら、鼻をひくつかせた。

「おやまあ。抱かれたのですか。……慎重を期して対応すると口にされていたのに」

呆れたそぶりの口調だが、表情はニヤついていて好奇心を隠さない。

ヴィンセントより五つ年上のグイドは、城内では公爵の兄貴分、または『公爵様に、悪い遊びを教えるろくでなし』と見られている。

もちろん、本当のろくでなしが、軍人公爵の側近などしていられない。

のらりくらりとして、誰であろうとおちょくり、けむに巻く。一言にまとめるとふざけた男だが、戦場や調査で、グイドが優れた密偵や交渉役となるのは老臣たちも認めている。

生真面目な近衛隊長を追いやり、グイドがここに居ることに顔をしかめる。

「どうした」

「どうした、とはこちらが聞きたいところですが」

口端を持ち上げながら、グイドは頭の後ろに手を組む。洗いざらしにしている黒髪は、今日も上の方で跳ねていた。

二人は寝室を離れ、人の気配が途絶えた廊下を歩く。目的地は公爵執務室だ。

「私が、婚礼を挙げたばかりの花嫁を抱くことに不満でもあるのか」

「不満というよりは、驚いているってとこですかねえ」

おのずと眉をひそめていた。ヴィンセントが黙秘しているとグイドが鼻を鳴らす。

「あの娘について、確たる保障もないのに、抱くなんて驚きです」

言われ、気まずさに目を逸らす。指摘されずとも、自分が一番驚いている。

「物心ついた時から、常に理性でものを考え確実な勝利を求めてきた貴方が、感情的に逸脱するとは珍しい」

咎める気すら起こらない正論に気を引き締める。

「昨日は、わからないから手をお出しになるつもりはない。そう口にされていましたなあ」

グイドが指摘した内容に、口をつぐむ。

証拠を見つけたのか、と暗に問う部下兼乳兄弟に応えるべき台詞が見つからない。

(証拠なんて、ほとんどない。それでも……わかった。アンナマリアだと)

唇を噛み、叫びそうになる声を留め、眉間を寄せる。

顔を見て、失ったはずの少女に似ている思った。

昨晩、二人きりで話をして、重なり過ぎる生い立ちに間違いないと心躍らせた。

まだ駄目だ。確実な証拠はない。わかっていても心は構わず惹かれだす。

どうして抱いたのか、を理論的に説明できないのが歯がゆい。

珍しいことだ。なにごとも、熟考して行動する己が、行動の理由を口にできないだなんて。

自国の兵を率い、他国の王に金で軍備を貸し、命令の下に戦争させる。

そのような立場に生まれついた以上、いつ、いかなる時も、自己の目的と理由を、周りを納得させられるだけの証拠を持って説明すべし。幼い頃からそう育てられていたのに。

「らしくないのは、わかっている」

グイドというより、自分自身に向かって吐き捨てる。

やがて執務室まで辿り着く。

グイドが回廊を灯す燭台を一つ取り、中を照らす。

すると窓辺に見慣れぬ黒い塊があった。

軍人としての感覚で気配を察知した二人が、腰に下げていた剣に手をやった時。

「待ちくたびれましたよ。ヴィンセント。……我が息子ながら呆れた男」

芝居がかった仕草でカーテンを寄せ、月光で顔を浮き立たせながら、喪服の貴婦人が告げる。

「明日の朝、お伺いすると伝えていたはずです。なのに、わざわざ出向かれるとは珍しいですね。母上」

始末の悪い感情を持て余しつつ相手をにらむ。すると、主を守ろうと一歩前に出ていたグイドが肩をすくめ、親子の間に割って入るように執務室の中へ進む。

それから、手当たり次第に、室内の燭台へ火を灯しながらぼやいた。

「私には、どっちもどっちな親子に見えますがねえ。ヴィンセント様も、ジュリア様も、存外、気が短い」

似たものと言われた母子は、口ひげを震わせ笑うグイドを挟み、同時に鼻を鳴らす。

「気が短くもなるでしょうよ！　死んだはずの婚約者が生きていた。なので結婚することにしました。なんて手紙一枚を隠居する離宮に寄越《よこ》し、勝手に婚礼を進められたのよ。母親をなんと思っているのだか」

ジュリアは頭を覆っていた黒のヴェールをかなぐり捨てる。

髪を纏めていたピンも一緒に抜けてしまったのか、薄暗い室内でも鮮やかに輝く、豊かな栗毛が女の肩を覆う。

腰に手を当て、こちらを挑発的ににらむ目の色は自分と同じ紅だ。

目だけではない。きりりと上がる細い眉や、輪郭の滑らかさ、涼しげな目元はそっくりだ。年齢を知らない者が見れば、ヴィンセントの母親ではなく、年の離れた姉と勘違いするかもしれない。

ジュリアは、一般的な貴婦人に比べ、外見が若く優れているというだけでなく、かなり規格外な女であり——そして、前ガスタラ公妃である。

本日、花嫁となったアンナに、妃の公的名称は譲ったが、城内での権力は譲っていない。

腹立ちをあからさまにするジュリアを受け流しつつ、ヴィンセントは執務室の棚から葡萄酒とゴブレットを出す。

「なにを怒っていらっしゃるのだか。貴女が望んだ通りに、収まりつつあると言うのに」

ジュリアはぐう、と喉を鳴らし、警戒心の強い猫みたいな動きでソファへ寄ってくる。

「望んだ時期が違うわ……。それに、驚きます。まさかアンナマリアが生きているだなんて」

憤慨を潜め、ジュリアは口元に手を当ててつぶやく。

「そう。生きているだなんて。……サビーネの娘が生きてるだなんて」

くしゃっと顔が歪む。男二人がジュリアから目を逸らしたのはほぼ同時だった。

（サビーネ伯爵夫人にお会いしたのは、八年前が最後だったか）

ガスタラ公国とフェラーナ王国の境にある修道院で、息を殺し暮らしていた、儚《はかな》き貴婦人のことを思い出す。

銀色の髪に紫水晶のような瞳を持つ女性だった。

華やかとか、豊かという単語が似合うジュリアとは逆に、清楚だとか繊細だとか言う単語そのものの容貌をしていた。

サビーネは、母ジュリアの従姉妹で、フェラーナ王国の公爵令嬢だった。

病弱な本家の跡継ぎ姫と、男勝りな分家の騎士姫。対照的と言っていい二人だったが、それがかえってよかったのか、二人は姉妹でないのが不思議なほど仲がよかった。

それは、ジュリアがガスタラ公爵に見初められ、公妃となっても、跡継ぎ息子であるヴィンセントを産んでも変わらなかった。

四季折々に相手を訪ね合い、お互いの近況を語り合った。

時には生まれたばかりの息子、あるいは娘を交えて将来を夢見たりもしていたようだ。

そしてサビーネは逃げていた。――時のフェラーナ王から。

四十五年前。

ヴィンセントが統治するガスタラ公国や、アンナの出身国であるフェラーナ王国で、病魔が猛威を振るった。

フェラーナ王国では、次々と王位継承者が亡くなり、王になる教育すら受けてない末王子が玉座を継いだ。

今のフェラーナ王マウロや、借金の肩代わりにと押し付けられたアンネッタ姫の祖父の話だが、彼らの放蕩《ほうとう》ぶりに顔をしかめる貴族の間で、ひそかに語り継がれる噂があった。

全滅したはずの王太子一家に、生き残りが居る――と。

王太子は病で亡くなり、彼らが使っていた離宮は感染予防のために焼かれた。

が、その難を逃れた者が居たと言うのだ。

自身も病を得た妃は、我が子と乳母の身柄を田舎へ移したと言う。

事を聞いた当時の王は『ならば、正しき王子に玉座を与えねば』などとのたまったが、国中が病で混乱した時期のことゆえ、王太子の子と乳母の行方は知れなかった。

捜索は建前で、玉座を脅かす子を殺そうとしているのだという説もあり、そのような動きも節々に見られたが、すべて時と共に忘れられた。

だが、ヴィンセントはもちろん、ジュリアも知っている。

正統なる王太子となるべき子が、王家の目につかぬところで生き延びたことを。

生き延びて、プリメステという家名を与えられ、ある公爵に保護されていたことも――。

「つまり、我々は一杯食わされたという訳ですな。フェラーナ王家の策略に」

長い沈黙の後に、グイドが苦い薬でも呑んだような顔で告げる。

「信じるしかなかったもの。母が死んだ嘆きのあまり、湖に身投げした。なんて嘘は信じなかったけれど、娘が……アンナマリアが生きているはずもないと」

王家直系の生き残り。それがプリメステ伯爵だと見抜いたフェラーナ王の手先は、プリメステ伯爵を狩りに呼び出し事故死させ、庇護者《ひごしゃ》である公爵を反逆の疑いで捕らえて獄中死させた。

娘を連れ、隣国ガスタラの修道院に逃げおおせたプリメステ伯爵夫人サビーネだが、そこで安心はしなかった。

ガスタラ公妃となった従姉妹のジュリアを頼り、娘の将来を託したのだ。

病弱な自分はやがて死ぬ。けれど、娘だけは生きてほしい。だから頼むと。

なにがあっても守り抜ける強さと力を持つ男を、娘と娶《めあわ》せてほしい。そう哀願した。

丁度ジュリアにも息子がおり、その子はガスタラ公国と軍を率いる宿命にあった。

つまりヴィンセントだ。

サビーネの娘とは六歳も年が離れているが、婚約だけなら害はない。お互いが望むなら結婚させればよし、いずれ解消させるとしても、しばらく公妃が保護する理由になる。

ジュリアが夫であるガスタラ公爵を説き伏せ、サビーネの娘と息子ヴィンセントの婚約に道筋をつけた頃、大陸に戦争が起き、ガスタラ公国も巻き込まれた。

そしてガスタラ公国の公爵が戦死し、息子が後を継ぎ……気がついたら、四年が過ぎていた。

ようやく公国内が落ち着き、花嫁とその母親を迎えに行ける余裕ができた頃、サビーネが死んだという知らせが届く。

病死という話だが、本当かどうかは疑わしかった。

その娘が、『母の死を嘆き、湖へ身を投げた』という話はもっと疑わしい。

娘の弔《とむら》いという名目で修道院を訪れ、真新しい墓石に花を捧げたその夜、連れてきた部下らに命じ、ひそかに墓を暴かせた。

顔も判別できぬほど腐乱した少女の亡骸《なきがら》を前に、やられたという思いと、自分のものを奪われた悔しさが荒れ狂ったのを、昨日のことのように思い出せる。

だからこそ、アンナを目にして驚いたのだ。

アンネッタ姫が逃亡し修道院へ閉じ籠もった。状況説明のために姫の侍女らしき伯爵令嬢を連れ帰ったと部下に報告されても、大して気に留めなかった。

借金の担保と言われても、アンネッタのように高慢な女を妻にする気はなかった。

フェラーナ王国が主だったのは百年以上昔のこと。国力が逆転し、立場も時代も変わった今、図々しく主家面《づら》されたところで、恐れ入るはずがない。

みっともなく滅されれば、難民や野盗がガスタラ公国に押し寄せて困るので、しぶしぶ、フェラーナ王国に軍を貸したが、やはり金を払わない。

戦争をちらつかせ脅すと、今度は王女を差しだすから待てと言う。

王の姉たるアンネッタ姫を渡しておけば、婚家のよしみと、借金返済から逃れ、兵も使い放題と皮算用しているようだが、知ったことではない。

もしこちらに来ても、結婚式だけ挙げて、指一本触れず閉じ込めようと決めていた。

借金のカタに贈られてくるような姫に、人質としての利用価値はないが、手駒はあって困らない。いずれどこかの王に売り飛ばすか、押し付けるかすればいい。

そう考えていたのだが、途中で逃げられた。

いっそ放っておきたいが、フェラーナ王国の無礼ぶりに怒った老臣が、姫の侍女でも連れてこい！　と喚き、アンナに白羽の矢が立った。

尋問など適当なところで切り上げ、ほとぼりが冷めるまで保護し、国へ返してやろう。

そんなことを考えながら、謁見の間へ入り――ヴィンセントは驚愕《きょうがく》した。

自分がした訳でもない浪費で責められ、戦争だと喚く血気盛んな老臣を前にし、だが泣かず、解決の道筋を考えていた乙女。アンナを見た瞬間、身体が動いていた。

この地では希有《けう》な銀の髪、菫色の瞳に息を詰めた。

目を潤ませながらおずおずと自分を見つめる様子に、既視感を覚えた。

なにより――その、胸元。

「四年前、これが見つからなかったことに対して、もっと探りを入れていればよかった」

歴史を感じさせる机の引き出しを探る。

ソファに戻ると、テーブルの上にあった燭台が七宝焼のペンダントを輝かす。

碧海《へきかい》を背景に、王冠を被る銀髪の女性と海竜《かいりゅう》。女性の手には赤い薔薇。

女性はフェラーナの初代王妃。赤い薔薇と海竜は王太子を示す図案だ。

花嫁の手元からひそかに持ってこさせたペンダント。その正しき持ち主のことを思い出す。

――アンナ。正しくはアンナマリア・プリメステ。プリメステ家最後の乙女。

うずらの卵ほどの大きさをした楕円《だえん》を手に取り、表面を親指で撫で、飾りの脇に施された刻みを順番に押す。

程なくしてばねが弾ける小さな音がし、膨らみを持つ七宝の面が開いた。

近づいてきたグイドの蝋燭が中を照らすと、入っていたものが手のひらに滑り出てくる。

フェラーナ王家の紋章が真逆に彫り込まれたガーネットの円盤と、壊れた台座。

「これが……フェラーナ王家が失ったはずの、王太子の印章指輪ですか」

ほう、とグイドが息を落とす。

「ガーネットというのが象徴的だな」

単品としては、さほど価値のある宝石ではないが、印章指輪ともなれば意味が違う。

王の宝石と言われる、不滅のダイヤモンド。

ガーネットはダイヤモンドと共に採掘されることから、王を示す石、王の血とも呼ばれる。

黄金や琥珀でも作ることが可能な印章を、あえてガーネットで作っているのだから、指輪には王家に関する深い意味が込められているはずだ。

——謁見の間でアンナと再会し、心底驚いた。

最後に会ったのは彼女が十歳の頃。

人形のように綺麗な顔をしていた。なのに、極端な人見知りのせいで、なかなかその顔を見せない幼女だった。

後六年も経てば美しくなる。その確信がヴィンセントとジュリアにはあったし、いずれガスタラ公妃となる娘として、教育するのに充分な賢さもあった。

この娘を妻にする。その確信は、彼女が桃の木にリボンを引っかけた時に得た。

風に煽られ飛んだリボンを取ろうと、一生懸命に手を伸ばしていた。

その姿はうさぎのように愛らしく、気配を殺して後ろから近づき、彼女の目の前でリボンを取り渡すと、真っ赤になりながら笑顔を見せてくれた。

リボンを取る際に落ちてしまった桃もついでに渡すと、お礼を言い、その小さな指で皮を剥いて、先にどうぞと差しだしてきた。

一人で食べてもいいよと水を向ければ、そおっと大事そうに、口へ運びかじる。

いたいけで可愛い様子を目にし、気持ちを和ませたのも束の間《つかま》。

垂れた汁を舐めようと薄い舌で果肉をなぞるさまや、濡れた唇を舐める様子は、清楚な色気に満ちていて、あてられたヴィンセントはどきりとしてしまった。

多分、その時だろう。いつか、この娘に恋をし、妻にすると確信したのは。

すぐに手を出したいという訳ではない。だが、この娘がどんな風に育ち、どう美しくなるのかを見たい。それまで大切にしたいと強く思った。

そうして成長を見守り、手紙や本を贈ったりしていたのに、ある日突然、修道院からの手紙が途絶え、程なくしてアンナは死んだと知らせが来た。

その時、胸から大切な思い出が失われた気がした。

アンナが死んだと諦めてからの四年、若き軍人公爵たるヴィンセントの元に、降るほどの縁談が持ち込まれる。

しかし、どれも乗り気になれなかった。

言い寄る女性も多かったが、結婚どころか恋も意識できなかった。

それなのに、謁見の間で成長したアンナを見た瞬間、電流が走ったように身体が痺れ、衝撃と共に理解する。

見つけた。そして、恋したと。

フェラーナ王宮では外に出られぬほど、忙しく室内で働かされていたのだろう。やつれ、顔色の悪さに母親譲りの美貌もくすんでいたが、内面からにじみ出る麗質は失われていなかった。泣き喚いても当然な状況の中、自分を保ち、どうすれば誰も傷つけずに収められるかと頑張る様は、健気で凛々しく、まるで白百合《しらゆり》のようだった。

一瞬で、恋に落ちた。死んだはずの婚約者と。

なんとしても彼女を手放したくなくて、公爵として話す裏で、男として結婚にうなずけと真剣に願い、策を弄して囲い込んだ。

後はもう言うまでもない。

身柄と、その扱いがはっきりするまでは抱かない。とグイドに言っていたのに、初夜を前に赤くなる彼女に心奪われ抱いてしまう。それほど夢中になっていた。

「アンナがなにものであろうと、私には手放す気がない」

開き直りとも取れる発言に、グイドは天井を見上げ呆れる。

「それで？　どうするのですか。……貴方はそれでいいでしょうが、フェラーナ王家が、黙っているとも思えません」

「でしょうね。もし秘密を知らないのであれば、アンナマリア・プリメステが死んだと、私たちに嘘をつく必要がない。なのにそうした。墓を作ってまで」

「今は、アンナが公妃となったことを知らないだけ。……当然、知った時には、なんらかの手出しをしてくるでしょう」

頭の中で目まぐるしく考える。

（フェラーナ王の視点に立つならば、アンナは、自身の玉座を脅かす存在。殺したほうがいい娘だ。それを殺さず、手元に置いた理由は——なんだ？）

腕を組み、考え、どれほどの時間が過ぎただろうか。一つの可能性に気づき顔をしかめる。

「……グイド」

「なんでしょうね、やっかいごとを言われそうな気がしますよ」

肩をすくめ、グイドは高価な葡萄酒の入ったデキャンタを手に取り、直接口をつける。

「フェラーナ王国の首都に向かい、密偵を使って王宮の内部事情を調べてほしい」

「そう来ると思いました」

主であるヴィンセントの許可も得ず、行儀の悪いやり方で酒を呷《あお》る腹心に呆れつつ、ヴィンセントはさらに続ける。

「それと、アンネッタ姫に対して、私との結婚をばらし、いらぬ噂を吹き込んだ、カラファとか言うフェラーナの地方伯も探ってくれないか。どうも……おかしい」

「カラファですか。また、辺鄙《へんぴ》なところですが。……いいでしょう」

半分ほども葡萄酒を飲んだのに、頬一つ赤く染めないグイドが、口を乱暴に擦る。

男二人があれこれと細かい動きを打ち合わせ、一段落つくやいなや、黙っていた母、ジュリアが質問する。

「それで？　私は一体、いつ、姑《しゅうとめ》としてアンナマリアを抱きしめられるのかしら」

「……それについては、善処しますとしか言えません。ですが、アンナがなにも知らないのであれば、そのままに」

告げた瞬間、グイドとジュリアは動きを止めた。

ヴィンセントは苦いものを喉奥に感じつつ、目を大きくする二人の前で言い放った。

「私は公爵として、アンナの夫として、すべてを闇に葬ったほうがいいと考えている」

第三章　軍人公爵は新妻を溺愛する

ヴィンセントへ処女を捧げ、疲労と困惑のまま眠りについた翌朝。

アンナは、多くの人が動く気配で意識を取り戻した。

時折聞こえる物音からすると、近くの部屋で家具の移動かなにかをしているのだろう。

あわてて起き上がろうとして、腰の奥にわだかまる甘苦しい疼きに気づき、頬を染める。

肌を辿る大きな手、悪戯に熱を煽る指。そして——身を貫く男の激情。

そういったものが一斉に記憶から浮かび上がり、恍惚の残滓《ざんし》に肌がわななく。

（朝だと言うのに、私……）

あられもない姿を異性にさらした羞恥に悶えながらも、頭の奥はどこか冷静だった。

（彼はなぜ、私を抱くと決めたのだろう）

婚礼に招待した王侯貴族の前で恥をさらせない。そのため、妻として隣に立てる女——それもフェラーナ王国の——を必要としており、条件を満たせる女はアンナしか居なかった。

だから結婚した。本来、花嫁となるはずのアンネッタ姫の身代わりとして。

突飛だが、急場しのぎになるし、でなければ戦争と口に出されて否応《いやおう》もなくうなずいた。だから、相手だってそうに決まっていると思っていた。

一生の伴侶を、わずかな時間の謁見で決める国主なんて、普通は考えられない。

今後の政策、臣下への影響などを考えれば、時間をかけ、慎重に決めるべきこと。

結婚式は挙げておき、だが、いつでも離婚できるように手を付けない。というやり方を選ぶのは至極当然だし、アンナだってそうなるだろうと予測していた。

（それなのに……）

大事にする。誰にも、なににも傷つけさせない。ずっと側に居ろ。とまで口にし、離れるなと命じ、アンナを抱いた。

その意図がわからない。

謁見から初夜までの間に、ヴィンセントがアンナに対して、結婚しても惜しくないほどの恋情を抱いたと考えれば筋が通るが、まるで現実的じゃない。

裕福な公国を統治する君主公爵と、王宮の裏方侍女。本来ならたとえすれ違うことがあっても、目も合わせないであろう組み合わせ。その上、自分は絶世の美女でもなんでもない。

（眉目秀麗《びもくしゅうれい》な君主から、ある日突然、結婚を願われる。……そんなのは夢物語よ）

手を伸ばし、恐る恐るヴィンセントが居るべき場所のシーツを探る。

明け方まで繋がり合っていたのが嘘のように、そこはひやりとしていた。

ずいぶんと前に、この寝室を出て行った——あるいは、最初から、寝てもいないのだろう。

「馬鹿だわ……」

小声でつぶやいて目を閉ざす。

新婚の甘い朝なんて、期待するのが間違っている。

なんらかの理由があってアンナを求めているが、説明はしたくない。そういうことだろう。

顔をしかめ、そっと唇を噛む。

考えても仕方がないことだ。今更、処女には戻れない。また、一介の侍女でしかなかったアンナが、ガスタラ公国の主に逆らうなど、まるで正気ではない。

考えないようにして頭を振っていると、アンナの目覚めに気づいた侍女たちが、挨拶もそこそこに甲斐甲斐《かいがい》しく世話をしだす。

「城主夫人のお部屋へご案内いたします」

寝室では軽く身繕いだけをすませ、朝食をとってから着替えるのだろう。

本来ならここに花嫁として居たはずのアンネッタ姫も、フェラーナ王宮ではそうしていた。

高貴な血を引く娘たちの生活を思い出し、次の段取りを考えていたが、そうならなかった。

寝室と居間を通り抜け、城主夫人の部屋へ足を踏み入れた途端、アンナは目を見開く。

昨日案内された時は、数個の長櫃《ながびつ》と作り付けの棚、暖炉といった最低限の家具しかなかった部屋が、大きく様相を変えていた。

綾織《あやお》りの絨毯、数え切れないほど沢山ある金の燭台。

部屋のそこら中に極彩色の絵柄を施した白磁《はくじ》の壷《つぼ》が置かれ、薔薇や百合といった大ぶりなものから、アイリスとアネモネのような色鮮やかなものまで、溢れんばかりに花が飾られている。

窓辺に置かれた香炉からは、風に乗ってジャスミンの甘い芳香が漂う。

円卓の上は、柘榴、梨《なし》、林檎《りんご》といった瑞々しい果実で溢れ、側に葡萄酒のデキャンタ。

道具だけではない。

衣類掛けには、虹のように色とりどりのドレスがあり、仕上がりの見事さを競っているし、宝石箱には真珠やサファイア、エメラルドなどの装飾品が山と詰まっている。

まるで部屋自体が、女性のために用意された宝箱のようだ。

「これ、は……」

驚きにうわずった声を上げると、エルメリーナがしたり顔を見せる。

「公爵閣下、そして結婚式に来られた皆様がくださった、婚礼のお祝いですとも」

「昨日は、その……、なにも、なかったような」

「そりゃそうでしょう。これらの品はガスタラ公妃様へ贈られるもの。初夜を終えなければ、勝手に運ぶことは許されません」

目覚めの時に聞いた物音は、これだったのだ。

呆《ほう》けた頭でなんとか理解しようとしていると、侍女たちがわあっと歓声を上げてドレスや、化粧品の台へ近づく。

「さあ、どれになさいます？　好きな色や宝石がありましたら教えてください。とびっきり美しく着飾りましょう」

どの女も満面の笑みを浮かべながら、新たに女主人となったアンナをどう飾り立てようかと、手ぐすねを引き待っている。

溜息をつくことすらできず、アンナは固まってしまう。

（この部屋だけで、一体、何万デュカートになるの……！）

フェラーナ王宮で、王女の会計係をしていたアンナにすら計算不能だ。

その上、本当であれば、これらはアンナではなく、アンネッタ姫へ贈られるべきもの。

すごいとか、嬉しいとか言う前に、間違って壊したり、汚したりして、後に姫が来た時に、弁償を迫られたらどうしよう、などと考えてしまう。

真珠の首飾りや、宝石を飾られた絹の靴を手に、無邪気な笑顔で迫る侍女らが怖い。

「こん、こんな……、わた、私、使えません！」

「ですが、アンナ様が受け取らないと。……気に入らないなら、贈り主に戻されますか？」

得策ではございませんが、と顔を曇らせるエルメリーナに向かい、こくこくとうなずく。

それぐらいはわかる。贈り主の大半は夫となったヴィンセントだろうが、残りは、外交官を通した他国の王侯からの贈り物だ。返せばとんでもないことになる。

「ガスタラ公妃と言っても、私……！　これは」

綺麗なものは好きだ。美しく着飾りたいとも思う。だが、それはあくまでもアンナの手が届く範囲でのこと。

想像を超えた事態に、半泣きになってしまう。

一国の公妃になったとはいえ、元は侍女。勝手に受け取っていいのかすらもわからない。アンナにわからないなら、同じ侍女であるエルメリーナたちにもわからないだろう。

たまらず悲鳴じみた声を上げる。

「ガスタラ公爵閣下は！」

「私なら、ここに居るが」

背後から声をかけられる。振り向いた途端、顔から男に当たってしまう。ぶつけ、痛む鼻を手で押さえながらも、涙声で助けを求める。

「こ、公爵閣下」

もう散々だ。身支度も終えていない姿の上、鼻をぶつけて変な声をしている。これ以上ないほど顔を赤くし、相手を見上げていると、ヴィンセントは少しだけ面食らった表情を見せ、それからふわりと微笑み、アンナの腰へ両腕を回す。

「公爵閣下とは水くさい。昨晩のようにヴィンセントと呼べばいい。……どうした」

「ヴィ、ヴィンセント様っ！　私！　こんな！」

受け取れないと言えば、ヴィンセントは本当に送り返しかねない。だが、受け取ることにも抵抗がある。

困り果て、ついに声も出なくなり、行き詰まったアンナはぎゅっとヴィンセントの胸元を掴んで顔を伏せる。

「身の程を過ぎた品をいただいても、どうしていいか、わかりませんっ……！」

もう、小さくなって消えてしまいたい。

昨日の結婚式こそは、どうせ夢、一日のことだと思えた。

けれど、豪華過ぎる品々に囲まれ暮らす現実を前にして、足が怯《ひる》む。

公妃としての生活に慣れていく未来が怖い。

名目だけでなく、身体が結ばれたとしても、政情や気持ちはいつ変化するかわからない。

権力と財力のある王侯は、妻と離縁するために教皇庁《きょうこう》へ訴えることだってある。

ヴィンセントとの婚礼など、彼の気持ち一つで、白紙にすることもできるのだ。

贅沢に慣れてしまえば、どうやって一人で生きていけばいいのかを忘れてしまう。

侍女として働き生きていくことが、余計に辛くなりそうで怖い。

真っ白な頭でヴィンセントにすがっていると、彼はアンナの肩を撫でだした。

「……変わった女だ。宝石やドレスを恐れるとは」

呆れられたのだろうか。

さらに身をすくめ震えていると、ヴィンセントがアンナの耳元へ熱っぽい溜息を落とした。

「可愛らしい」

抱きしめる腕に力が籠もる。男の胸板から、どくどくとせわしない心音が聞こえた。

こんな状況で可愛いと言われても困る。それより、助言が欲しい。

「こんな、の、……私には過分すぎます。なにかあっても弁償できそうにありませんし」

下手に価値がわかってしまうから、触れることもできない。

高価過ぎるものに囲まれ、いつ壊さないか緊張しながら毎日を過ごすのは嫌だ。

消え入りそうな声で、たどたどしく心境を述べると、ヴィンセントは楽しげに喉を鳴らす。

「なるほど。……確かにな。昨日、今日で環境の変化についていけない気持ちはわかった」

顔を伏せたまま、小さくうなずく。

「エルメリーナ、頼みがある」

「はい」

「寝室の続きに、護衛用の控え室がある。そこを居心地がよいように整えられるか？　……この部屋は華美過ぎて、どうも私の小鳥がおびえてしまう」

「そのようですわね。いいでしょう。でも、これらの品々にも、いずれ慣れていただきませんと。公妃様に侍女の格好をさせ、賓客や臣下の前にお出しする訳には参りませんから」

「当然。……約束できるな？　アンナ」

妥協案にうなずく。するとエルメリーナが手を打ち、侍女たちが動き始めた。

ヴィンセントは侍女たちを労い、アンナの手首を取って、そっと引っ張る。

「おいで」

柔らかい声で言われ、おずおずと従う。

先ほどとは逆に、居間を通って寝室へ戻る。

ヴィンセントはベッドの縁に腰掛けると、脚を開き、間にアンナを立たす。

「あの……手間をかけてごめんなさい。そして、ありがとうございます」

「なんの。思い至らず、しきたり一辺倒で指示していた私も悪い。……驚かせたな」

座ったままアンナを見上げ、背に腕を回し抱く。

近づく距離にどきりとしたのも束の間、気がつくと、男の顔が胸の合間に伏せられていた。

「あっ……あ、あの……！」

違う意味で仰天する。昨日触られたから大丈夫という訳ではない。

あわてふためいていると、楽しげにヴィンセントは喉を鳴らし、子どもがするように細かく左右に首を振る。

「たまらないな。可愛い。……私をどうしようと言うのだ」

嬉しげに笑われるが、意図したものでないので、どうにもできない。

手を上げたまま固まり、困っていると、ヴィンセントの右腕だけが背中から離れ、アンナの手を己の首へと導く。

「礼なら、しばらくこうしていてくれ」

「あっ……、はい」

訳もわからず、望まれた通りにヴィンセントの頭を抱く。

緊張しながら視線を落とすと、少し乱れたガウンの胸元から、シュミーズ越しに乳房が透けて見え、アンナはあわててふためいてしまう。

「どうした？」

「いっ……いいえ！　なんでもっ！」

扇情的な眺めに気づかれたくなくて、ヴィンセントの頭を抱く手に力を込める。

すると背に回されていた男の手が、ゆっくりと上下に動きだした。

肌を触れさせ、互いの温もりを与え合うような親密な仕草に、混乱でおびえていた気持ちが解けていく。

「本当に……アンナは、私の予想もつかない反応をする」

甘えるように胸に頬ずりしつつ、ヴィンセントが口にする。

「ごめんなさい。……迷惑、ですよね」

「そうではない。そういう意味ではない。……ああ、つまりな」

伏せていた顔を上げ、アンナを見つめながらヴィンセントは微苦笑を浮かべた。

「勿体《もったい》ないことをしたと思ってな」

「勿体ない、ですか？」

言葉ごとにかかる男の息に鼓動を高まらせながら、アンナは尋ね返す。

「そう。……朝まで一緒に居て、お前がどうまどろんでいたか、目覚めにどういう表情をしたのか。見られなかったのが惜しい」

「朝……一緒に、居たかったと？」

全身がじわりと熱を上げるのを感じながら、戸惑いを口にする。

すぐに、ああ、と無邪気な子どものようにうなずかれ、胸がときめいてしまう。

「気難しい人に呼ばれてな。相手の立場上、私が見舞わぬ訳にも行かず、仕方なく一人にしてしまったが。……勿体ないことをした。本当に」

恋人のような言葉は、アンナの胸を甘酸っぱいもので満たす。

もしかして、ヴィンセントも一緒に居たかったのだろうか。

「寂しかったか？」

アンナの疑問を見抜いたように問われ、素直にうなずく。するとヴィンセントが目を細めた。

「私もだ。……アンナを腕に抱いて目覚めたかったし、それに、こうして」

言うなり、首を伸ばし、ガウンの間からのぞくシュミーズを合わせるリボンを口に咥《くわ》える。

悪戯をする子犬のように、くい、と首を曲げて引っ張られ、かあっと頬が熱くなる。

さしたる抵抗もなく純白のリボンが解かれ、喉元から胸の谷間の部分がさらされる。

「あっ……！」

「ゆっくりと、じゃれ合って過ごしたかったのだがな」

あらわとなったばかりの肌へ、ヴィンセントは唇を触れさせる。

「あ、……あ、そんな、駄目です」

あわてて彼の頭から手を離し、押しやろうとするが、一瞬で取られた両手首は、後ろへ回し一纏《ひとまと》めに掴まれる。

「なぜ？　……夫が、妻の柔肌を楽しむのはいけないことか？」

「そうでは、なく……朝日で、見えるのが」

「ああ。見えるな。恥じらい、赤く染まる……初々しい薔薇の色になっていく」

会話の間も口づけをやめず、どころか、胸の丸みを鼻先で押し遊ばれだしてしまう。

昨晩のように、手で揉みしだかれるのとは違う。緩く甘い男の愛撫に身体の芯が切なく疼く。

時折、かじるように歯を当て、熱い息を吐かれると、背筋がぶるっと震える。

けれど手を後ろで掴まれているため、逃れることはできず、焦れったさばかりが募る。

「甘い。……いい香りがする。果実か、蜂蜜か」

顎や頬を使い、シュミーズのフリルを掻き分け、徐々に素肌の部分を拡げて生きながら、ヴィンセントが独りごちる。

「杏《あんず》にも似ているが。……ああ、お前が好きな桃、か？」

言いしな、舌だけをシュミーズと肌の間に挿し込み、胸の先にある果実の周囲を突く。

「ふっ……ぁ……！」

肩を揺らすと同時に後ろ手を引かれ、胸を突き出す姿勢になる。

後少しで、胸の花蕾に舌が触れそうだ。

期待とも羞恥とも付かぬもので身体が揺れ、乱れた服が敏感な部分に当たりだす。

緩やかに勃《た》ち上がり、硬くなりだすのは淫らな期待をしているからなのか。

清冽《せいれつ》な朝日の中で胸を弄ぶ男の顔は淫靡で、背徳的な興奮をほのかに煽る。

「だ、め……、誰か、来る……」

過敏になりだした感覚が、居間を挟み、一つ向こう側の部屋で動く侍女らの物音や気配を捉え、悶えだす。

すると、そういう風に身をよじるからいけないのだというように、ヴィンセントがますます強くアンナの手首を下へ引く。

「ひあっ……！」

ついに膝が崩れるも、手首ごと腰を押され、身を仰け反らせた。

膝と太股の間に、思わぬ熱と硬さを感じ身をびくんと跳ねさせると、ふっ、と笑いヴィンセントが目を細めた。

「まずいな。……このまま、抱いてしまおうか」

ぐ、と押し当てられるそれが、昨日、処女を奪った屹立だと気づくも、どうにもできない。

震える太股を閉ざすが、身体が崩れようとするばかりで逃れられない。どころか、熱の尖端が当たる部分が、どんどんと股間に近づいてくる。

「ふ……ぅ、やっ……いやっ……！」

頭を緩く振ると、手首を掴み、後ろへ引いていたヴィンセントが唐突に手を離した。

均衡を崩した身体は、すぐさまヴィンセントの座る寝台へ倒れる。

「きゃっ……！」

もつれ合うようにしてシーツの上へ二人が落ちる。

なにが起こったのかわからぬ間に、上下が逆転し、肩を掴み押し倒されていた。

銀髪がシーツの上と言わず、肌の上と言わず乱れ散っている。

目に色をにじませ、妻の乱れ姿を楽しんでいたヴィンセントが、ゆっくりと上体を倒す。

――唇が触れる。

息を止めた時だった。扉が蹴られる音が部屋に響いたのは。

「閣下。……遅刻もほどほどにしていただきませんと」

「グイドか」

組み敷いたアンナを、今まさに喰《く》らわんとしていた手を止め、冷たくヴィンセントが応える。

ていた。

アンナはあわててガウンの胸元を合わせ、うつむきつつ声の方を盗み見る。

戸口のところに、口ひげを生やした黒髪の中年男性がおり、呆れた風に手を肩の高さに上げていた。

「腹心のグイドだ。エルメリーナの息子でもあるがな」

簡潔にアンナに説明しつつ、ヴィンセントが身を起こす。

目はまだ充分に、欲情の色を湛《たた》えていたが、公爵としての冷静さは失っていないようだ。

「少しぐらい、新妻を堪能する時間を与えてほしいものだ」

「堪能する時間をお選びください。……いくら新婚でも、他国の王子に、一時間も朝食をお預けさせるのはあんまりです。食事しながら会談の予定だったでしょう」

今までの熱情が嘘のように、ヴィンセントが身を翻《ひるがえ》す。

額にかかってきた鳶色の髪を指で掻き上げ、目を眇《すが》めながら彼は応える。

「そう、だったかな……」

「早く食堂へいらしてください。客の相手をしている儀典《ぎてん》長が、泣きそうになっています」

部下らしき男から渋った声を出され、ヴィンセントは頭を振る。

そして、名残《なごり》惜しげにアンナを見て苦笑した。

「後でまた来る」

「あの、私は……行かなくても、よいのでしょうか？」

客を招いての朝食会に、公爵の妻が居なくて大丈夫なのだろうか。

「美しい花嫁をみせびらかしたい気持ちはあるが、まあ……初夜の翌日だ。無理はせず、エルメリーナが用意する部屋でくつろぐといい。儀典長にも、公式行事は最小限にと伝えてある。上手くごまかすさ」

「はい。あの、本当にありがとうございます」

気づかいが嬉しいのと、今までの痴態が恥ずかしいのをない交ぜにしながら、それでもヴィンセントを見てお礼を告げる。

「本当にアンナは、……いちいち、こう、私の気持ちを」

言いづらそうにされ、なにか駄目なところがあるのかとあわてて姿勢を正す。

「な、なにか、いけませんでしたか？」

「……いや、いい」

「はあ……？」

「ともかく、……私が無理をさせたと伝えれば、大概は納得されるだろう」

意味深な言いぶりにアンナが首をかしげると、ヴィンセントは本格的に困ったような笑顔で手を振った。

「慣れるまでそっとしておいてやる。だが……どうも長くは待てそうにない。覚えておけ」

「あ、はい」

公務のことだろう。確かに、あまり公妃が出てこないのは不都合だし、失礼だ。事情はどうあれ、身代わりの妻となったのだ。しっかりしなければ迷惑をかけてしまう。できるだけ早く、慣れと自立に折り合いを付けよう。気合いを入れて背を伸ばす。

そんな妻を見て、ヴィンセントがひそかに悩ましい溜息をこぼしたことなど、アンナは気づきもしなかった。


城にある小さな部屋から外を眺める。

夏になり始めの空は蒼《あお》く、どこまでも遠く澄んでいる。

出窓の縁で腕を組み、顔を伏せつつ雲雀《ひばり》が飛ぶ様を見る。

窓の手前は一段低く、椅子のようになっており、そこに横座りしてくつろいでいた。

初夜から一週間。アンナは用意された小部屋——侍女たちは小鳥の間と冗談で呼ぶが——で、朝の一時《ひととき》を過ごしていた。

部屋の広さはさほどないが、全体的に落ち着いた色調で纏められた室内は、この城の中で一番、アンナがほっとできる場所だ。

窓際に置かれた小瓶に挿してある、矢車草《やぐるまそう》を指で突く。

アンナの薬指にある、公爵夫人の指輪を飾るサファイアと同じ色の花が、丸い花房を揺らす。

初日こそ、環境の変化におびえ上がって、この部屋に引きこもっていたが、侍女たちや、折りに触れて様子を見に来るヴィンセントのおかげで、徐々に気持ちはほぐされた。

昼食や軽い音楽会なら、公妃として姿を見せることもできるようになり、公務のない時間はエルメリーナたちや、ヴィンセントの親族である老婦人の力を借り、礼儀作法や、会話のこつを教わり過ごした。

その甲斐あってか、初日に姿を見せない不作法さを咎められることもなく、婚礼の招待客は、やや人見知りの公妃という事で納得し、祝いと返礼の宴に満足し帰っていった。

そして昨日。ようやく最後の招待客を城から送り出し、一息つけたところだ。

ガスタラ公城で働く者たちやヴィンセントの臣下は、花嫁がアンネッタ姫ではなくアンナであることを知っている。

秘密のままでは、お互いにやりにくいでしょう。とエルメリーナが口にしていたから、きっと、ヴィンセントが説明したのだろう。

つまり、国外からの客が居なくなった今、城の中だけではあるが、アンナが身代わりだとばれても問題はない。

なのに、アンナは相変わらず、必要のない時は部屋に閉じ籠もっていた。

――あれから、夫婦として時間を過ごしたことがない。

ヴィンセントは公妃としてアンナを尊重し、労ってくれているが、夫婦として一緒に過ごし、会話する時間などなかった。

毎日、顔を合わせ、不自由はないかとか、元気かとか尋ねてくれるけれど、ヴィンセントに向き合って、きちんとお礼を言う時間がない。

貴族だから、政略結婚だからと言われればそれまでかもしれないが、喉の奥に引っかかった魚の小骨のように、心のどこかがちくちくする。

溜息を落とすと、飾られている矢車草の花がふるふる揺れた。

「大切にされているのは、わかるのだけれど」

公爵の妻として、これ以上ないほど丁重に扱われているし、夫としての敬意も示されている。けれど、個人として大事にされているのかなど……男女の付き合いを知らぬまま、妻となったアンナにはわからない。

そもそも、ヴィンセントは女子どもには大抵優しいのだから、見抜きようもない。

(……見抜いてどうするの。ただの自己満足じゃない)

大切にされているから嬉しいとか、大切にされないから悲しいとか、そんなことを考えている場合ではない。

頭ではわかっているのに、ついヴィンセントにどう思われているのかが気になってしまう。

公妃としては必要とされているが、妻として必要とされている訳ではない。そんな現実、とっくにわかっているはずなのに。

（望まれた花嫁でないのだから、当然のこと）

求められたがる自分の気持ちに鍵を掛ける。

今でも充分によくしてもらっている。これ以上望むなど申し訳ない、と心の中で繰り返す。

隙間《すきま》風のように胸に入り込む寂しさを無視し、窓の外を眺める。

（こうして、外を見て暮らしている間に、なにもかも終わればいいのに）

初夜の夜、ヴィンセントが強く求めてきたことが思い出され、どうして、身代わりに過ぎないアンナを抱こうとしたのだろうかと、ふと思う。

遠くない未来に、ちゃんとした娘を花嫁にするだろうに。

（……この国に、あるいは、ヴィンセント様に望まれる花嫁）

どのような人が自分の次に選ばれるのか。思いを馳《は》せた時、つきりと胸の奥が痛んだ。

不思議だ。結婚式を挙げるまでは――いや、初夜までは、自分の女主人であるアンネッタ姫がヴィンセントの花嫁となると考え、それを願い、なんの疑問も持たなかったのに。

（身体を繋げてしまったから、魂も繋がってしまったのかしら）

自分らしくない感情に苦笑していると、背後から声を掛けられた。エルメリーナだ。

「奥方様」

「……アンナとお呼びください」

「侍女のようなへりくだった話し方をおやめくださるなら、アンナ様とお呼びいたしましょうか」

にやっと口端を吊り上げられ、アンナは肩をすくめた。

「努力します」

自分自身も侍女だったためか、エルメリーナや側付きの女たちに対して、どうしても同僚のように接してしまう。

「このガスタラ公城は、他国ほど格式張ってはおりませんが、アンナ様は、少々恐縮し過ぎです。……嫌いではないですけれどね」

エルメリーナは肩をすくめ、恰幅《かっぷく》のよい腹を二度叩く。

「それより、どうしたのですか？」

ガスタラ公妃というものは――と講釈が始まりそうな気配を察し、先手を打つ。

「今日は、公務がない日だとお聞きしていますが？」

正式には、昨日の午後から、アンナは暇を持て余していた。

あまりにも時間があり、昼寝し過ぎて、今日は少し気怠《けだる》い。

「それがですねえ……ヴィンセント様が、荘園《しょうえん》に行くのでアンナ様もとお誘いでして」

「私を？　荘園に？」

視察か、あるいは公妃の顔見せをしたいのか。首を捻り考える。

城から日帰りできる場所に、ちょっとした荘園があると、先日、外交大使を交えた晩餐《ばんさん》の時にヴィンセントが教えてくれた。

ガスタラは、雪白のアペニ山脈がある関係で、山岳丘陵が目立つ土地柄だ。

農地が少なく、その技術も遅れていたが、近年は丘陵の斜面を生かし、食用や酒用の葡萄や林檎などの果樹栽培に力を入れだしていると言う。

民の手本となる公爵家の荘園には、選《よ》りすぐりの果物が実るらしい。

びわ、杏、葡萄を中心に、オレンジまであり、特に桃は周辺国で高値が付けられるほど、甘く大きく熟すそうだ。

アンナは、結婚前夜にヴィンセントから貰った桃を思い出し、目を輝かせ話を聞いていた。

だから、荘園に興味を持ったと勘違いし、見せようと気を使ってくれたのだろう。

（どちらにせよ、城に籠もっていても、考えが煮詰まるだけね）

気分転換は必要だ。それに、ヴィンセントが統治するガスタラをこの目で見てみたい。

好奇心に負けうなずくと、待っていましたとばかりに、扉から側付きの侍女たちが顔を出す。

裾へ下がるごとに、薄紅色から薔薇色に彩《いろどり》を変える、すっきりした形のドレスと帽子に着替え、はしゃぐ侍女たちに手を引かれながら城の中庭に下りる。

すると十二頭ほどの馬を中心に、男たちが出発の準備をしていた。

結婚祝いに贈られた白馬は、すでに鞍《くら》がつけられており、ヴィンセントの黒い軍馬の隣に繋がれている。

見渡すが馬車はない。どうやら日帰りついでに遠乗りするらしい。

騎乗すると、すぐトランペットの音が響き渡り、馬たちが進みだす。

お行儀よく同じ足並みで進んでいたのは城下町を抜けるまでで、分厚い鉄格子の門を抜けると、親の目を盗んで走り回る悪戯小僧のように、誰も彼もが早足で馬を駆けださせる。

驚いたのも一瞬、集団から遅れないよう、隣に居るヴィンセントに合わせ拍車をかける。

修道院に居た頃、母や母の親友であるジュリアの勧めで、週に二回ほど乗馬の教育を受けていた。だからある程度は乗れる。

四年ぶりなので、落馬しないか気になったが、案外身体は覚えているもので、考えるより先に手足が動いた。

そのうち、すがすがしい春の空気やら、蹄《ひづめ》が巻き上げる若草の香りに夢中となり、解放感に導かれるまま青空の下を駆け抜けていた。

最後の丘だと言われ、ヴィンセントに競争を仕掛けられた時には、すっかりと心が浮き立っていて、周りの目や立場など風に吹き飛ばされていた。

「わあっ……！」

丘を囲むように拡がる森を抜けた瞬間、アンナは歓声を上げていた。

開けた視界いっぱいに、遅咲きの桃の花枝が広がる。

荘園の向こうが見えないほど咲き乱れ、雪のようにひとひら、またひとひらと青空へ薄紅の花弁を舞わせる様は幻想的で美しい。

果樹の側には休憩用の天幕が張ってあり、周りには荘園で働く農民たちが用意してくれた心づくしの料理が、敷布やテーブルの上に並べられていた。

人々が食事を求め三々五々に散る中、なおもぼうっとしていると、ヴィンセントが手を引き席へ案内してくれる。

「ほら。食べないとなくなるぞ。……ここでは無礼講だからな」

言うまでもないことなのか、一緒に従ってきた供の者たちは、気も早く敷布の上に座り込み、葡萄酒や料理を片手に気の置けない会話をしだす。

当たり前のように屋外での宴を楽しみだす人々の中、アンナはようやく口を開く。

「あの、今日は一体どういう用件で……？」

公務か視察だとばかり思っていたのに、まるで違う状況に困惑していると、ヴィンセントがアンナの分の料理を取り分け笑う。

「好きだろう？」

「え？」

切り子細工の施された硝子《がらす》杯を差しだされ、アンナは目をしばたかせながら受け取る。

「桃だ。……好きなのだろう」

「そ、そうですけれど」

「ここの話を外交大使としていた時、桃園があるという話に興味津々だった」

口端をわずかに上げ笑われ、恥ずかしさが募る。そんな顔をしてただなんて。

「興味津々だなんて、大げさです」

「そうかな？　お人形のようにすましていても、小さな耳がぴくぴく動いていたよ」

目を細めながら、ヴィンセントがからかう。

「やっ……そんな、嘘です！　そんな」

「気づいていないのか。この……」

言葉を途切れさせ、唐突にヴィンセントが身体を傾けアンナの耳元へ唇を寄せる。

「可愛らしい耳が、気になることを聞くたびに、震え動くのだが」

「ひゃっ……あ、な……息！　吹きかけないでください」

真っ赤になって声を上げた途端、周りに居た供の者が驚き、ついで爆笑したり、口笛を吹いてきたりする。

たまらずうつむくと、彼は周囲のからかいなどまったく意に介さず、アンナのこめかみにちゆ、と唇を触れさせ、銀の壺から金色の飲み物をアンナの杯に注いだ。

羞恥でいたたまれない。ともかく喉を潤《うるお》して落ち着こうと杯を口元に運んだ瞬間、アンナは顔をほころばす。

桃と蜂蜜の、甘く、おいしそうな芳香が鼻孔をくすぐる。

「これは……？」

「桃蜜酒《とうみつしゅ》だ。……とはいっても、蜂蜜酒に桃を漬け込んだだけだがな」

言われてみれば、液体のとろりとした具合や色は、蜂蜜が由来しているのだとわかる。

「この荘園で作られたのですか？」

瑞々しく華やかな香りに好奇心を誘われ、先ほど覚えた羞恥もどこへやら、ヴィンセントに尋ねていた。

「四年前から養蜂《ようほう》を始めて、ついで試験的にな。……あまり量はないが、いずれは生産拠点を増やし、各国の宮廷や貴族へ売り込みたいと考えている」

言われてみれば、周囲に居る供の者たちは葡萄酒ばかりを飲んでいる。

「あの、いいんですか？　これ……」

一つしかない銀の壷に入っていることから、ずいぶんと希少なものだとわかった。

気後れしていると、ヴィンセントが肩をすくめる。

「埋め合わせと労いのつもりだ」

「え？」

テーブルに肘を突き、優しい目で見つめられ、言葉を失う。

「結婚を祝う家臣や客の前で、立派な公妃らしくあろうと微笑み、勉強し、毎日、頑張っていたアンナを、忙しさにかまけて、城の外へ出してやることすらできなかった。……本当に、よくやってくれた。感謝している」

どうしよう、嬉しい。

見守られていたことと、やり遂げたことに対する感謝の言葉が、とても嬉しい。

フェラーナでは、アンナが働くのは当たり前で、誰も感謝なんてしてくれなかったし、具合が悪くても気づく人など居なかった。

体調不良で仕事が遅れれば、容赦なく文句や罵倒《ばとう》が来ていた。

宮廷の財務を扱う同僚だって、自分のことに精一杯で他人を気づかう暇がない。

だから、純粋に嬉しい。ヴィンセントに褒められたことが、苦労を認められたことが。

杯を手にしたまま動けないアンナの銀髪を一筋取り、大切だと言いたげに唇を触れさせつつヴィンセントは続けた。

「仕方がなかったとはいえ、アンナにはずいぶん無理をさせた。だから……、結婚にまつわる公務が一段落ついたら、こうして気晴らしをさせようと、ずっと考えていた」

髪を指に絡め、ほどき、歌うように言われ、ヴィンセントの声が胸に染みていく。

「気晴らし、ですか?」

「ああ。またドレスや宝石を贈って泣かれては、たまらないからな」

からかいを含む声が耳をくすぐる。初夜の翌日のことだ。

「……あれは、その、身の程に合わなくて驚いたと言いますか」

自分が何度生まれ変わっても、買うどころか、触れることもできないだろう豪華な衣装や宝石は、嬉しいよりも怖くて、足がすくんでしまう。

第一、あれはヴィンセントの花嫁――つまりガスタラの公妃に用意されたもので、アンナ自身のために用意されたものではない。

だから、自分が触れるのは違うという意識もあった。

「不愉快にさせていたらごめんなさい」

「謝るな。むしろ礼を言いたい。……宝石やドレスさえ与えれば機嫌が取れる。私や国に懐《なつ》いてくれると、そんな底の浅い考えをしていた」

頬を指の背でくすぐり、アンナに肩をすくめさせてからヴィンセントは片目を閉じる。

「夫の癖に、アンナの意思を蔑《ないがし》ろにしている己に気がついた。……申し訳ないことをした」

「それは大げさです。私ごとき」

恐縮していると、ヴィンセントが長い溜息をついて視線を逸らした。

「だから、私ごときなどと言うな。……招待客はアンナをよい公妃だと口を揃え褒めていたし、それを耳にするたびに、私は夫として誇らしかった。……当の本人からそんな風に卑下されたら、浮かれたこちらが情けなくなる」

「うう……」

もっともな指摘で劣等感を封じられ、つい呻く。

黙って手の中の杯を見つめていると、ヴィンセントがアンナの頬を突き笑う。

「いじけた顔も可愛いが、そろそろ笑顔を見せてくれ。……アンナを喜ばせたくて出した、ガスタラ公爵家秘蔵の酒だぞ」

からかいながらも、ヴィンセントの表情はあくまでも優しい。

愛おしげな眼差しをする彼に見とれ、このまま、時間が止まってしまえばいいのにと思う。

けれど現実はそう甘くもなく、ためらっているうちに硝子《ガラス》杯を取り上げられてしまう。

そして次の瞬間、顎を取られ唇を重ねられていた。

声を上げようと開いた唇から、黄金の桃蜜酒が流し込まれていく。

舌を絡められるごとに、蕩ける甘さと芳香が口腔を満たす。

長い間熟成された酒特有の滑らかさを持つ液体は、さしたる抵抗もないまま、喉から胃へと注がれた。

数秒か、あるいは数分か。

時間もわからないほど、男の巧みな舌戯に翻弄され、アンナは酔いとも興奮とも付かぬもので身体を火照らせる。

そこら中に響きそうなほど、心臓が大きな音を立てている。

周りに見られているとか、恥ずかしいとか思う間もなく、ヴィンセントという存在に心を鷲掴みにされてしまう。

陶然とした眼差しのまま、我を忘れているアンナの前で、ヴィンセントは蜜と唾液に濡れた己の唇を妖艶な仕草で舐めた。

「小鳥は、やはり宝石より蜜を喜ぶようだ」

したり顔で笑われても、返す言葉は浮かばない。

黙って赤面していると、ほら、と酒を含んだ唇がまた重ねられる。

最初ははやしていた周囲も、餌付けのように何度も繰り返される接吻《せっぷん》に呆れ、もう勝手にやってくれとばかりに構わなくなる。

それからは楽しいことばかりだった。

ごちそうでお腹を満たした若者たちは、天幕を離れ、輪投げや球技で腹ごなしをしだす。

そのうち鬼ごっこが始まり、はしゃぐ侍女と一緒になって花咲く果樹園を駆け回る。

追いかけるのはもちろん男たちで、彼らは酔った足で愛しい妻や目当ての恋人を追う。

アンナを追うのは、もちろんヴィンセントだった。

子どもの頃に戻ったように、花吹雪の中を笑いながら走る。

踏みしだかれた草の香りや、高く蒼い空が陽気な気分を盛り上げる。

ヴィンセントから逃げるうちに、いつのまにか荘園の奥へ入り込んでしまったようだ。

辺りを見渡すと、桃の園は終わっており、野生の薔薇と野いちごの茂みが森との境界線を飾っていた。そして森を越えれば荘園は終わる。

少しだけ小高くなっている場所に立って息を整えていると、唐突に背後から抱きしめられた。オレンジと香辛料の混じった高価な香水と、身体を抱く逞しい腕でヴィンセントだと気づく。

「……ひゃっ！」

一瞬で腕に抱き上げられ、小さく悲鳴を上げてしまう。

「捕まえたぞ」

「やっ、下ろして、ください……歩けます、ので」

うろたえながら訴える。なのに聞き入れてくれそうにない。

普段よりずっと高い視点が不安で、たまらずヴィンセントの首にすがりつくと、彼は嬉しそうに声を出し笑った。

「下ろすものか。……捕まえたと言っただろう。私の小鳥」

顔を手で覆う。走り回ったせいで汗ばんでいるのが恥ずかしい。

頬を染めたままヴィンセントを盗み見ていると、彼は一瞬だけ悩ましげな目を見せた。

(どうしたのかしら？)

問いかけようとしたアンナの耳元に唇を寄せ、ヴィンセントは囁く。

「このまま、しばらく付き合ってくれないか？　見せたいものがある」

先ほどの朗々《ろうろう》とした明るい声とは違う、真摯《しんし》かつ哀願の響きを帯びた囁きに、アンナは黙って一つうなずく。

武人として日頃から鍛えているためか、女一人の体重を支えているとは思えないほど、ヴィンセントの腕も足取りも揺るぎない。

はしゃぐ侍女たちの声や、木陰に見え隠れするドレスの鮮やかな裾も見えなくなり、舞い散る桃の花弁で辺りが白くけぶりだす中、二人でゆっくりとした傾斜を登っていく。

荘園の中心とおぼしき場所にある教会に入ると、ヴィンセントは丁寧にアンナを床へ下ろす。

建物はこぢんまりとしていて、荘園で働く農民のために用意された木のベンチと、綺麗に洗われた布のかかる祭壇があるだけで、飾りと言えば、ごく簡単な図案で花が描かれたステンドグラスだけだった。

昼間は神父も農夫として働いているのか、内部は清潔に掃除されていたが、人の気配はなく、その中を、ヴィンセントを追いかけて歩く。

祭壇の横にある扉から小部屋に入ると、内側を階段が巡る四角い塔があり、鐘楼《しょうろう》へ向かっているのだとわかった。

見せたいと言ったのに、ヴィンセントはなにも話さない。

けれどちっとも気詰まりではない。

逆に、二人で目指す場所へ歩いているという時間が、穏やかにアンナの心を満たす。

陰った鐘楼の中では、ヴィンセントの鳶色の髪は赤より茶の色を増す。

壁をくりぬいただけの窓から陽差《ひざ》しが入り、一瞬だけ、男の髪が栗色に変化する。

ふと目に見えた光景は、アンナの幼い頃の記憶を呼んだ。

(そういえば……彼とも、こうして鐘楼にも登ったわ)

連れてきた息子を案内してほしい、と母の親友のジュリア夫人から頼まれ、修道院の中にある聖堂を案内した。

たまたま鐘楼へ登る階段への扉が開いており、そこも案内するのかと歩き、途中で怖くなって抱きかかえられたことも、ぼんやりと覚えている。

ステンドグラスの色が落ちる床ばかり眺めていて、相手の顔なんて恥ずかしくてろくに見ていなかった。初恋だったのに残念だ。

せめて名前を覚えていればよかった。

ジュリアも、周りの人も天才少年《ジェニオ・リコ》と彼を呼んでいたが、本人はやや嫌そうにしていたし、いくら親馬鹿でも、息子に『天才少年』なんて名付けない。

幼少期につける類《たぐ》いのあだ名だったのだろう。

(今頃は、立派な貴族になって、ちゃんとした妻も居るでしょうけど)

ジュリア夫人は、息子の花嫁にと口にしていたけれど、あれは病がちの母を気づかい、夢を見せたかったのかもしれない。

事実、アンナが一人ぼっちになった時、迎えの使者は来たけれど、ジュリア夫人も、その息子であるジェニオも現れなかった。

時の流れに従い縁の切れた親子について、恨んではいない。

ただ、ふとした折に思い出しては、幸せだったなと思うぐらいで……。

「高いのは怖いか？」

「いえ。ちょっと昔を懐かしんでいただけです。幼い頃に居た修道院の鐘楼を、こうして登り案内したなあと」

「恋人か？　妬《や》けるな」

冗談とも本気とも取れない軽口に、アンナは笑みをこぼす。

「恋人ではなく、母を見舞いに来た貴婦人の息子さんです」

「……ジュリア夫人と言っていたな。その息子とは婚約、というか許嫁《いいなずけ》だったのだろう？」

そんなことまで話しただろうか。覚えていない。なにしろ、結婚式前後は、自分の事で精一杯だった。

「許嫁だったのでしょうか。母やジュリア夫人は、戯れに『アンナの夫となる子よ』なんて言ってました。でも名前も知りませんでした。愛称でジェニオ・リコと呼ばれていましたが」

「アンナにその気はなかったと？」

肩を抱く腕に力が込められる。不思議に思いつつヴィンセントの横顔を見る。

「その気もなにも、十歳か十一歳頃に会ったのが最後で。結婚や愛を理解する年頃でもありませんでしたし。……ただ、憧れのようなものはありました。初恋、というか」

どうしてこんなことまで話しているのだろう。ここまで詳しい話なんて、誰にもしたことがないのに。

「初恋、か」

懐かしいものを思い出すようにつぶやかれ、目を向けると、ヴィンセントが微笑んでいた。

柔らかく、それでいて切なげな表情に、アンナは胸をときめかす。

どう話を続けていいのかわからなくなり、助けを求めるように、ドレスの上から母の形見であるペンダントを握る。

「ヴィンセント様?」

つぶやきを最後に黙り込んだことが気になり、おずおずと尋ねる。

あやふやな初恋でも、夫としては気分がよくないものなのかもしれない。

気をつけなくては、と胸の中で独りごちていると、ぽん、と背中を叩かれた。

「なんでもない。それより、ほら、着いたぞ」

ヴィンセントは四階ほどの高さを登りきり、頂上部への扉を開く。

夏にしては少し冷たい風を浴びながら、ヴィンセントにうながされ辺りを見渡す。

「わあ……!」

教会を中心に広がる果樹だらけの荘園。その先には小川、村と続いており、遠くには雪を被ったアペニ山脈が青い峰をさらしている。

遠くの方には、計画的に作られた工房や、大理石の採掘場があり、絶え間ない活動を示すように、白い煙が規則的に上がっている。

雲雀が鳴く声や、農道を進む荷馬車。

玩具《おもちゃ》のような……だけれど、この国に人が生きている様を目の当たりにして、アンナは素直に感動する。

「すごい。遠くまで見える」

「天候がよい日は、フェラーナとの国境まで見渡せる」

アンナと同じ方へ顔を向けながら、やや高揚した声でヴィンセントが言う。

「綺麗な国ですね」

「ああ。……八年ほど前までは戦で荒れていたが、やっと見られるようになった」

何気なく口にした八年という期間は、ヴィンセントが公国の統治者となった期間に等しい。

「知っての通り、我が国の主な収入源は、軍を貸すこと……つまり傭兵だ。……戦争が絶えぬ限り金は入るが、今までのどの当主も、入ってきた金の使いどころを知らなかった」

あるいは、使う暇もないほど、戦いに明け暮れていた。とつぶやかれ、はっとする。

金で軍を貸すことを生業《なりわい》とすれば、男たちのほとんどが兵士になる。

国を開発できるだけのお金はあっても、男手が足りていないと言うことだ。

だから農業でも産業でも、周辺諸国から遅れていたのだろう。

溜《た》め込まれた金は、ずっとガスタラ公爵の周辺でのみ循環し、国に行き届かないまま。

「お金は人の血と同じだと習いました。……王などの心臓部を中心に巡るのは当然だけれど、だからといって手足の末端……農民や商人に投資しなければ、そこから国は腐り落ちると」

母国であるフェラーナがまさにそうだ。

国王の側ばかり富が集中し、今やどの産業も衰退している。

ガスタラは逆だ。再生し大きく発展しようとしているのが、この景色だけでわかる。

そして気づく。

「ヴィンセント様は、この国を軍事力だけではなく、別の力で導いていきたいのですね」

初めて出会った謁見の間でも、戦争は望まないと口にしていた。

荘園の経営や、農産品の試作を語る口ぶりから、彼が、剣ではないもので発展しようと試行錯誤しているのもわかった。

アンナの推理が正しいと告げるように、ヴィンセントが微笑みうなずく。

「戦乱の時代は終盤に至ろうとしている。上に立つ者が、次の世代になにを残すか考え、慎重に行動しなければ、民も、この美しい景色も失う」

力強い言葉から漂う信念と、君主としての高潔さがまぶしい。

たとえ人生の一瞬に過ぎないとしても、妻として、その横に立てる奇跡に感謝する。

（おかしい。どうしてだろう。この人から目が離せない）

胸元に手をやる。いつも忍ばせている、母の形見のペンダントが服越しに指に触れる。

ペンダントの下にある心臓が、先ほどからずっと騒がしい。

頭もどこかぼうっとして、なんだかヴィンセントばかりを意識してしまう。

アンナが黙りこくっていると、どうかしたのかと隣から探る視線を送られる。

どきどきと高鳴る胸の鼓動や、紅潮した頬に気づかれるのが妙に気恥ずかしくて、アンナは少しだけ顔を伏せた。

「それで、産業を増やすために果樹園の経営などを？」

眼下に広がる園を眺めるそぶりで、そっと呼吸を整える。

そんなアンナに気づいてか気づかずか、ヴィンセントは変わりない調子で説明する。

「戦いしか知らない兵士を放置すれば、夜盗などになり国が荒れるからな。この荘園で働いているのも、そういった仕事を生業《なりわい》にしていた男たちだ」

国の都合で、今までの仕事を辞めろと言うのだ。別の働き口を探そうとするのは当たり前かもしれない。だが、口で言うのと実現できるのは違う。

中には、知らない顔をして放り出す王も居る。だからこそ、ヴィンセントがすごいと思う。

「国を変えていこうとしているのですね。平和な時代に向けて」

「ああ。戦で帰らぬ夫や息子を嘆く女などおらず、皆が幸せだと、胸を張って自慢できる国にしてみせる」

目を輝かせ、遠くを見据える彼の傍らでアンナは、強い衝動を覚える。

この人を、支えたい。少しだけでも力になりたい。

自分を抱く男の胸元に、そっと頭をもたげ、同じ世界を見つめる。

「素敵ですね。ヴィンセント様が導くガスタラは、きっと、今日より明日、明日より明後日と、いい国になるのでしょうね。そう思います」

お世辞ではなく、心からの思いを口にすると、ヴィンセントはアンナを抱く手に力を込めた。

「……思うだけか、アンナ」

「ヴィンセント様？」

「思うだけでいいのか？」

突然、君主の仮面を外し、素のままの心境を口にされ驚く。

「私は、嫌だ」

どういうつもりか言葉からは読み取れなくて、顔を上げて表情をうかがおうとすると、素早く唇が重ねられた。

「……あ」

触れるだけの接吻に、身体がわななく。

柔らかく、一瞬だけの温もりを与え離れた唇は、わずかに桃蜜酒の香りと甘さを含んでいた。

「思うだけではなく、私の側で共に見守れ」

傲慢なほど強い命令なのに、嫌悪より陶酔してしまう。

おそらく、彼の創り出す未来というものを、見てみたいという衝動があるからだろう。

ここへ来てからの会話で、アンナはすっかりと、ヴィンセントという君主に、その可能性に魅せられ、同時に異性としても、彼を望みだしていた。

「側に居て、見守れですか」

「ああ。語ったことをいかに私が実現させていくか。民を、そしてお前を、どれだけ幸せにできるかを」

胸を突かれ、言葉を失う。

拒絶することを許さない、力と確信に満ちた宣言がじわりと心に染み込んでいく。

――想像する。ヴィンセントの横にあり続ける未来を。

わあっと目の前が光で白くなる。輝く世界の先に見たこともないなにかがあると、期待してしまう。

豊かな大地、戦争などと縁もない国で幸せに生き、笑う人々。

その人たちが仰《あお》ぎ見るヴィンセントの側に居る自分。

民に祝福され、また自分も民を祝福する幸せな公妃。そんな未来をより明確に想像し、酔わされてしまう。

「私が……？」

感極まって声を漏らすと、ヴィンセントは力強くうなずいた。

「いずれ、お前の子も、この景色を眺めることになる」

アンナの腰を抱く手に力を込め、蕩けるような甘い微笑みを見せヴィンセントが断言する。

「私の子を産め。アンナ」

驚きのあまり言葉がすぐに出てこない。誰が、誰の子どもを産むと言うのだろう。

「突然、なにを」

「突然でもないだろう。夫婦として暮らしていくなら当然のことだ。お前と結婚したのは夢だったのか？」

からかうように片目をまばたかせられ、ますますうろたえる。

「夢なんかでは……」

咄嗟に口にして、あわてて手で塞ぐも、一度放たれた声は元に戻らない。

考えるより先に飛び出した素直な願いに、ヴィンセントは表情を和ませる。

「では、望まれていると、少しは期待してもいいのだろうか」

甘く優しく追及される。だけれど、どう答えていいのかわからない。

「わからないのです」

「わからない、とは？」

確かにヴィンセントは、花嫁として身代わりだと思わない、望んでいると口にした。

公妃として尊重してくれて、優しく扱い、これ以上なく甘やかしてくれた。

戸惑うことが多いアンナを責めたりせず、常に夫として見守る姿は完璧で、アンナは時々、この結婚が偽りだということを忘れそうになる。だが、それとこれは別だ。

政略結婚であれ、恋愛結婚であれ、夫婦として、子を望まれるのはおかしくない。

だが、二人の出会いや結婚の経緯を考えれば、やはり首を捻ってしまう。

「……どうして、今更こんなことを言われるのかが、よくわからなくて」

夫なのだ、妻をどう扱っても許される権利がある。

大国の姫や貴族の令嬢であれば、花嫁の後ろ盾となる実家への配慮も必要だろうが、アンナにそういうものはない。

身分違いの結婚で、持参金も地位もない。むしろ、彼に迷惑をかけた女の侍女風情だ。

ぞんざいに扱われても文句は言えない。だからこそ選ばれたのではないか。

なのに子を望むだなんて、ヴィンセントの意図はどこにあるのだ。

そこまで考え、はっと一つの事実に気づく。

（純潔を、奪わざるを得なかったから……？）

夫婦としての交わりは一度きりだった。どうしてヴィンセントが抱いたのか、いまだ問うことはできずにいたが、それでも、やんごとない事情があったのだろう。

結婚の成就を司祭や親族が確認するため、初夜の床で使った敷布を検《あらた》めるのは、王族や高位貴族の婚礼で常識であり、それに必要だったのかもしれない。

事実、目覚めた時にはシーツは新しいものに換えられていた。

たった一度で子が宿るなど珍しい。だが、ない訳ではない。そのことを気にしているのか。夢見心地だった気分が、急激に冷え乾いていく。失望が出てしまいそうな顔を見られたくなくて、アンナは目線を下げた。

ヴィンセントの誠実で真面目な性格はここ数日で理解できていた。彼であれば、妊娠したからといってアンナやその子を邪険にしないだろう。

戦争や疫病が多いこの時代、跡継ぎこそ正妻の産んだ子であることが要求されるが、生まれる子のすべてが、正式な結婚の下でなければならない、という厳しさはない。

成人までの生存率が著しく低いのだから、子であれば妾腹《しょうふく》でも構わない、やむを得ない、という見方が強い。

正嫡《せいちゃく》に比べ、継承できる土地の価値や爵位は一段と落ち、時には臣下の扱いとなるが、貴族の私生児は、大概は父親の名の下に保護され、貴族、あるいは騎士として教育される。

「つまり、私が子を産んでも責任を取られると……そういう、ことでしょうか」

不本意な初夜の結果を受け入れ、実子として育てる。だから安心して産めばいいということだろうか。それにしても気が早い。

答えながら、初めての時を思い出す。艶っぽい吐息や、汗ばんだ肌。しなやかに筋肉の付いた腕が腰を抱き、唇が胸の膨らみをついばんだこと。なにより、身体を貫く灼熱。

ぞくんと下腹部が疼き、はしたない己の反応を悟られないように息を詰める。

「私が、初夜で子をなしたかどうかは……まだ、わからないので」

「初夜でなくても、だ。……私の子を産む気はないか」

ヴィンセントの言葉に目を大きくする。

途方にくれたまま彼を見つめていると、ふ、と小さく笑いを落とされた。

「困ったな。……そういう表情《かお》をさせたい訳ではないのだが」

アンナの腰裏で両手を組み、首をかしげ、はにかむような表情でヴィンセントは続ける。

「夫として妻に望むことを口にしただけだ。……いずれにせよ、お前以外に、子を産む資格がある女は居ない。神の御前《みまえ》で誓った訳だし」

ああ、と納得する。

ヴィンセントは君主だ。妻を持たずに一生を終えるなどできない。

一番はアンネッタ姫が戻ってくることだが、ガスタラ公国の重臣たちはいい顔をすまい。

である以上、花嫁を決めるにも多角的な検討がいる。下手すれば数ヶ月では収まらず、一年越し、ということもありうるだろう。

ガスタラ公国の外貨は、公国の軍を他国に貸す――いわば傭兵業に委ねられている。

近年は平和だが、一度戦争となればヴィンセントも総司令として戦地に出向く。

万が一に備え、仮の後継者をと考えるのは当然だ。

「ですが、私は」

「嫌か」

アンネッタ姫の身代わりなのに。そう答えようとした時だ。

「私は、お前が好きだよ。アンナマリア」

ごく自然に言われた台詞に目を大きくする。

跳ねるようにしてヴィンセントを仰ぎ見ると、額へ唇が落とされた。

風が途絶え、雲雀の鳴き声すら遠く、空を流れる雲も止まる。

視界が急に狭くなり、ヴィンセントの顔だけが記憶に焼きつく。

鮮血の色をした瞳は美しく澄み切っていて、嘘を思わせる濁りはなに一つない。

「なんの、ご冗談を……からかわれるのは、あまり……」

現実だと受け止めるには、あまりにも自分に都合のよい告白に、アンナは抵抗するが、震える唇ではそれ以上、語れない。

(そんな。好きになっても、身分が違い過ぎるのに。どうして)

身代わりだから、身分が違うのだからと心を留めていた。好きになっても仕方がない。だからやり過ごそうと考えていた。

なのに、相手から好きになられたら、どうすればいいのか。

恋という未知の世界に対し、必死に踏みとどまろうとするアンナを、諭《さと》し、なだめるように、ヴィンセントは両手でアンナの背や頭を撫でる。

「からかってなどいない。信じられないという気持ちはわかるが」

額同士を触れあわせたまま、切なげに息をこぼされた。

たったそれだけのことに、心がおかしいほど甘くときめく。

「私たちは、出会いも、結婚に至るまでの流れも普通でなかった。……けれどアンナを妻にできたのはよかったと思っている」

額を合わせられたまま告げられ、アンナは口を開閉させる。

信じたい気持ちと、信じ難い気持ちが交互に入れ替わり、どちらが本音か区別もできない。

「どうして、私を……」

緊張に乾いて、ひりひりしだした喉を押さえる。

「公妃としてふさわしいものなど、なに一つとして持ってないのに。そんな、ことを」

「……アンナは自分を知らな過ぎる。お前ほど公妃にふさわしい女は居ない。そもそも、公である私に望まれている以上の理由が、妻である公妃に必要だとも思えないが」

意味深に喉を鳴らされる。けれど、なんのことだかわからない。

フェラーナ王国の伯爵令嬢と言っても、治める領地も後ろ盾もないほどの末席。

舞踏だって上手くないし、恋愛の手管に至ってはなに一つ知らない。

だから、恋したと言われても、にわかに信じがたい。

（それとも、私が気づけないだけ、なのかしら）

アンナは、恋愛に不慣れだ。

物心つく前に父は亡くなり、母も滅多《めった》に客を呼ばず、接する相手は限られていた。

修道院という女性ばかりの環境では、恋や愛について語られるはずもない。

純潔を守れ、身の程をわきまえ、ほどほどの相手と結婚しろ。あるいは神に仕えろ。

それぐらいだ。

フェラーナ王国の宮廷という、色恋の本場と言える環境に身を置いてはいたが、王女の会計係という裏方の仕事漬けでは、男と女の機微など知りようもない。

つまり女性として、情緒の成長が著しく遅い。

日々、仕事をこなし生きるのに精一杯だったから、恋など小耳に挟んだ異国の言葉のようなものでしかなかった。

胸を満たし、溢れようとする甘苦しい感情を持て余しながら、浅く息を継ぐ。

乏しい知識でも、これが恋の始まりなのだとわかる。

でも認めるとどうなるか、それがわからなくて怖い。怖いから探す。

ヴィンセントほどの男に望まれる、なにか、安心できる理由と逃げ道を。

落ち着きなく視線をさまよわせていると、横髪が風で乱れ、ついに髪飾りからこぼれ落ちる。

みっともない。整えなければと思い、咄嗟に手を持ち上げるが、アンナより早くヴィンセントが髪を摘まみ指に絡ませた。

肌を滑る男の熱と感触に、不慣れな身体がびくりと跳ねる。

「お前は、私が触れ、口づけるたびに、小鳥のように震えるのだな……」

どこか遠慮がちに告げ、ヴィンセントはアンナのこめかみから顎まで指の腹を滑らせる。

「私のことが怖いか？」

悲しむような口ぶりに、アンナはわずかに目を伏せる。

傭兵を主な産業とする国の君主が、なにをする人か知らないほど愚かでも子どもではない。だから、ヴィンセントが戦場で人をあやめる、あるいは、あやめるように指揮をしてきただろうこともわかっている。

けれど、人として怖いかと言われると……違う。

彼は決して殺戮《さつりく》や戦争を望んでいる訳ではない。それは、この半月で充分わかった。

必要な時には冷酷になれるだろうが、そうでない時は、鷹揚で優しい人で居られる。

国の未来と民の事を考え、皆が幸せになれるように導いていこうとする姿勢は、人として尊敬できるものだ。

ならば、なぜ、彼に触れられるたびに鼓動が高まり、身体が震え、跳ねるのか。

考え……そして気づいてしまう。

自問自答のために生み出した単語は、驚くほどしっくりと心になじむ。

（私は、ヴィンセント様が好き……？）

敬愛している。彼がどうするかが気になり、つい目で追いかけてしまう。

失望されたくない。よくやったと歓《よろこ》んでもらえると嬉しい。

けれど、どうしてかそれを認め、すべてを投げ出してしまうのには不安がある。

（いずれ、アンネッタ姫か、知らないお姫様のものになる人なのよ）

相思相愛の恋人となっても、未来などない。

妻として居られるのは、しばらくの夢だ。わかりつつ楽しむのならばいいが、身も心も捧げ、子をなしてしまえば、一時の夢で済ませられない。

ヴィンセントに人生を結びつけるのが怖い。彼の側で生きたいと望むのと同じ強さで、彼がやがて、別の妻を求めることを恐れている。

立場からして、アンナを愛人にすることもできるだろう。しかし、誠実なヴィンセントはもちろん、修道院育ちである自分に、人にそしられる関係が耐えられるだろうか。

だが、このまま拒否して、自分の心をごまかし続ける自信もない。

これが恋だとしたら、なんと身勝手で矛盾に満ちた感情なのだろう。

途方にくれていると、そっと名前を呼ばれた。

（好き……、だから？）

「アンナ？」

「わ、私は……」

手の付けようもなく、勝手気ままに走りだそうとする気持ちを落ち着けたくて、喘ぐ。

「貴方が嫌いな訳では……ありません」

ようやくそれだけを口にする。

声の響きが鐘楼から空へ散り消えていくと同時に、じわじわと恥ずかしさが身を焦がす。

――嫌いではない、というのは、好きだと答えるも同然ではないか。

おずおずと視線を上げ、ヴィンセントをうかがうと、彼は嬉しそうに目を細めた。

「では、好かれているとうぬぼれていいのか」

予想通りの質問に、アンナは身を小さくしながら相手の胸に顔を伏せる。

答えないアンナを咎めるでもなく、ヴィンセントはあやすように身体を揺らす。

「よかった。少し気にかかっていた」

「え？」

「アンナは私を頼るのに、私から触ると、困ったような反応をするのでな」

それは、と言い訳しかけて口ごもる。

どうすれば上手く伝わるのかわからない。

ヴィンセントは好きだ。夫として望ましい。頼って、すべて委ねたい気持ちもある。

けれど自分への自信のなさゆえに、求められることに臆する。本当に、いいのだろうかと。

「……初夜にお前を抱いたが、心の整理など付いていなかっただろう。肌で互いを知るにも、あの夜は充分だとは言いがたかった。……恐れ、嫌われる可能性すら考えた」

言葉を切り、妙に熱い吐息を耳に吹きかけつつ告げられる。

「だから、こうして、私に害意はなく、気持ちをきちんと伝えてから、抱こうと決めたのだ。……お前を望んでいる。私の血を引く子を産んでほしい」

ヴィンセントの声が脳に響き、甘い蜜となって思考を溶かす。

どのような種類かははっきりと定義づけられないが、初めて家族以外で好きだと自覚した男から、好きだと言われ子を望まれている。

成り行きとはいえ結婚もした。

拒絶する理由などない。それどころか、胸が期待に大きく膨らみ、夢を現実として受け入れたがっているのがわかる。

(もし、他の花嫁が現れたら、その時は、どうなさるのでしょうか)

そう聞きたくてたまらないのに、聞くのが怖い。

抜けない棘《とげ》のように、走りだしたがる気持ちに疑問が刺さっている。

答えきれず、でも拒みきれない自分を持て余していると、ヴィンセントはどこか切なげな色を目に浮かべ、それからまぶたを閉ざし告げた。

「今はお前が欲しい。それだけが事実だ」

重ねて乞い、アンナを強く抱きしめてくる。

(嘘じゃない……？　本当に信じていいの？)

妻として永遠に心を結ぶことはできない。だが、今は欲しているということだろうか。

秀麗で凛々しく、強く、賢い男が、自分を求めている。そんな夢に溺れていいのだろうか。

(未来がなくても……？)

考え、過去を思い、少しだけおかしくなってきた。

アンナの未来に、どれほどのものがあると言うのだ。フェラーナ王宮に戻り、財務侍女として帳簿の山に埋もれる以外の未来が？

純潔を失った以上、再婚は厳しい。それに、もうヴィンセント以外の男と契ることなど考えたくない。

いずれ一人きりになるのなら、夢に身を任せてしまえと、弱い自分が囁く。

ためらい、なおも迷う気持ちを蕩かそうとでもいうのか、ヴィンセントは目を閉ざしたまま、ただ触れるだけの口づけをアンナの頬や額、そして唇に落とす。

丹念に、丹念に、気持ちをほぐそうとするかのように、触れ、探り慰める口づけに、心が揺れる。

甘やかな説得に、アンナは理由を知ろうとする気持ちを諦める。

本当ははっきりさせたほうがいい。頭ではわかっている。

けれど、好きだと言われ、伴侶として望まれたことが切っ掛けで、心の脆《もろ》い部分がほだされてしまう。

今まで一人で生きてきた。だからこそ優しくも残酷なその夢を拒みきれない。

（仮初めでも、今だけでも、恋する人の、妻で居た記憶が欲しい）

結局、アンナは、ヴィンセントの部下が呼びに来るまで、ずっと唇を許し、その身を男の腕に委ね続けていた。

——今夜、抱く。

城へ帰り着き、部屋へ戻ろうとするアンナへヴィンセントが短く囁いた。

隠しようもないほどの熱情を含む囁きは、湯を使って身を清めている間も、夕食の間も、ずっと耳奥にこびりついて、変に身体を火照らす。

意識するなんておかしい。普通にしなければと思えば思うほど、目はヴィンセントの仕草を追い、耳は彼の声を探し、肌は撫でる指の感触を思い出す。

浴槽の中で、身体や髪だけでなく、全身の神経まで洗い磨き立てられたように、すべてが敏感となり、夫たる男を探す。

そんな自分が恥ずかしい。身悶えしたいほどである。

小さくなって彼から隠れていたい。けれど、見つけられたいとも思う。

情緒が不安定だ。今まではこんなことなどなかった。

わかっているのにどうにもできず、ただ、時間が過ぎてしまうことばかりを待つ。

こんな風に心乱されるアンナとは裏腹に、ヴィンセントときたら、誘ったことも忘れたようにいつも通り。

からかっただけなのだ。そうに決まっている。

自分だけ気持ちを翻弄されているのが悔しくて、同じように素知らぬ態度を貫こうとしてみたが、名を呼ばれ、意味深な流し目を送りつけられると頬を染める有様で、……アンナは完全な自身の敗北を悟る。

小憎たらしい。先に好きだと思いを告げてきたのはヴィンセントのほうなのに。

それとも、恋愛経験の差というものなのだろうか。

ふと頭をよぎった考えに顔をしかめる。なんだか、意味もなく胸の奥がもやもやとした。

この覚えのない感情がなにか。黙ったまま考え込んでいると、アンナの髪にブラシをかけていた侍女が手を止めた。

「なにかお気に召さないことでもありますでしょうか？　髪を引っかけました？」

侍女は女主人に命運を握られている。だから、不機嫌さには敏感だ。

いけない。個人的な問題で、侍女にいらぬ不安と心配を与えてしまった。

「あ、いえ、違います。大丈夫です。……くしゃみが出そうだっただけなの」

ちょっとした嘘で内心をごまかす。すると、二つばかり年上の侍女は、ほっとして手を動かし始める。

「別のガウンを用意しましょうか？」

「いいえ、このままで。……風邪とかではありませんから。ご心配、ありがとうございます」

丁重に礼を言うと、侍女は手に香油を垂らし最後の仕上げに入る。

手入れで、しなやかさと艶を増した銀髪が背に流される。

宴もなにもない夜の城は、いつもより静かだった。

失礼します、と一声残し侍女が退室すると、城主夫妻の寝室にはアンナだけが残された。

部屋をぼんやりと灯す蝋燭の芯が、じりりと音を立てる。

炎が揺らぐたびに、自分の影が伸び縮みするのを眺めながら、アンナはまんじりともせず時を過ごす。

おかしな話だが、初夜よりずっと緊張していて、息をするのにも気をつかう。

(今夜、抱くと言われた)

ヴィンセントの声が鼓膜によみがえる。もう、何度目だかわからない。

ただ、彼が残した、たった一言の約束が思い出されるたびに、胸の辺りがきゅっと切なくなり、説明できぬ焦燥に襲われる。

その癖、逃げることもせず、馬鹿正直に待っている。

期待しているのだろうか。抱かれることを。だとしたら、自分は淫らだ。

そう考える一方で、妻として夫に抱かれる夜がどこか面はゆい。

鏡台の前から立ち上がり、かといって寝台に座り待つほどの大胆さも持てず、アンナは室内をうろうろし、結局、一番大きな出窓の縁に腰掛ける。

両開きの鎧戸《よろいど》を押すと、きしんだ蝶番《ちょうつがい》の音がし、日除《ひよ》けに掛けられたガーゼカーテンが風に翻る。

ふわりとした感触に顔を撫でられ、小さく悲鳴を上げる。

掴み所のない薄布を手探りで払いのけ、一息吐いた途端、くすりと笑う声がした。

ヴィンセントだ。まったく、彼にはみっともないところばかりを見られてしまう。

「あまり見ないでください」

「どうしてだ？　目に快《こころよ》かったぞ。女神が月光を捉えているのかと思った」

アンナの銀髪と薄布を、月の輝きに比喩した台詞に頬を染める。

「詩人の才能もおありなのですね。……でも、ありきたりだと思います」

照れくささから、可愛くないことを言ってしまう。

なのにヴィンセントは含み笑いをしながらアンナの手を取る。

「ありきたりでも、本当にそのように見えたのだ。……お前の銀髪に、月光の淡い金色が映えて、とても幻想的で、この世のものとは思えなかった」

大げさな賞賛をと、咎めようとした唇が、そのまま動きを止める。

振り返り見上げたヴィンセントが、じっとアンナを見つめているのを目の当たりにし、なにも言えなくなる。

「おいで」

たったそれだけの誘い文句を口に、ヴィンセントはまるで舞踏に誘うような優美さでアンナを招く。

そうして寝台まで導き、アンナを座らせ前に立つ。

恭《うやうや》しげな手つきでアンナの指先をすべて捉え、己の口元へ運ぶ。

「触れても？」

アンナがためらいがちにうなずくと同時に、ヴィンセントがそっと指先に口づける。

「湯冷めさせたか。……待たせないようにしたつもりなのだが」

婚礼の宴が終わり、城に日常が戻っても、君主であるヴィンセントは忙しく、今日も、部下に乞われ、夕食後に小会議を挟んでいた。

「お仕事なのですもの。仕方ありません」

「物わかりがよすぎる妻だ。……二人だけの時ぐらいは、寂しかったと甘えてもよいのだぞ」

アンナの手を指に捉えたまま、流れるような所作でヴィンセントが隣に腰を下ろす。

羽毛を詰めた敷布が男の体重で沈んだ弾みに、身体がそちらへ傾いた。

あわてて手で支えようとするも、二人の距離が近過ぎて、シーツの上ではなく男の太股を捉えてしまう。

ズボン越しに、張り詰めた筋肉を感じどきりとした。

女性にはない硬さと、熱に驚き、動けずにいると、頭上から小さな溜息が落ちる。

「あっ……ごめんなさ、い」

あわてて離そうとした手の上に、ヴィンセントの手が重ねられる。

「このままで。……もっと、側に」

左腕で肩を抱き寄せられ、ぴったりと身を寄せ合う。

「今夜は、初夜のように、急ぎ重なるだけで終わらせるつもりはない」

落ち着いた、でもいつもより低い声で囁かれ、じわりと体温が上がる。

「飽きるまで触れあおう。私はお前を知りたい。お前も、私を探り知るがいい」

優しくアンナの手を取り、指先を自身の顔に当てさせながらヴィンセントはまぶたを閉ざす。

頬、口元、鼻筋と触れさせられる指先から、静かに男の体温が染み入ってくる。

凛々しい顔立ちとは裏腹に、肌は丁寧になめした革のように滑らかで、頬骨《ほおぼね》や顎先などの硬さを知るごとに、アンナの身体から強ばりが薄れていく。

導かれるままに伸ばした親指で唇を辿ると、引き締まったそれが笑みの形へと変わる。

ふと見せられた歓びの表情に、遠慮がちだった指先は徐々に大胆になっていき、ヴィンセントの顔と言わず、喉や首の付け根にまで手を伸ばしていた。

肌を探っていくにつれ、互いの体温や形が手になじむ。すると、胸の奥が不思議な温もりで満たされだした。

もっと、この人を知りたいという気持ちが湧き立ち、好奇心の炎が灯される。

アンナの手が己の意志で動きだすと、ヴィンセントもまたアンナの顔を探りだす。

二人して顔を撫で回し、首から肩の線をなぞる。

艶めいた吐息が溢れ始め、互いの夜着が緩やかに解かれていく。

緩み、ほとんど解けかけた胸元を隠すリボンが軽く引かれ、アンナははっと息を呑む。

視線を上げると、色に満ちた男の眼差しに囚われた。

「いいか？」

問いに、小さくうなずくと、はらり、はらりと布を合わせるリボンが解かれていく。

留めるものが無くなった夜着は、絹の滑らかさを肌に残しながら左右に開いた。

さらされた肌に、冷えた夜気と、男の熱い視線を感じる。

途端に、全身の血が沸き立った。

たまらず身じろぐも、それが弾みとなって肩と腕を布が滑る。

「あっ……」

小さく声を上げて胸を隠した時には、アンナの夜着は腕と腰下しか覆っていなかった。

「隠さなくてもいい。白く、美しい肌だ。真珠のように底光りしながらも滑らかで……柔らかそうで、触れたくなる」

そんな風に言葉を尽くして褒められても、裸を見られるのは、やはり恥ずかしい。

いやいやと小さく頭を横に振ると、ヴィンセントは悪戯っ子のような表情をし、次の瞬間、ばさりと乱暴に自分のシャツを脱ぎ捨てた。

アンナは知らず、息を止めていた。

白い布に覆われていた時でも、立派な体躯《たいく》だとわかっていたが、実際に素肌を目にするとやはり圧倒される。

過不足なく鍛え上げられ、なに一つ無駄のない上半身。

盛り上がる大胸筋や、硬く引き締まり、女の曲線とはまったく違う隆起を見せる腹筋。

疲れを知らぬ悍馬《かんば》のように力を秘めた肉体は、威厳と力に溢れていて、目を逸らすことを許さない。

「見ているだけでなく、触れてみろ。ほら」

顔と同じようにアンナに自身の身体を触れさせ、自身もまたアンナの肌に指を沿わせる。

「知るんだ。誰がお前に触れ、抱こうとしているのか。どのように与え、乱していくのか」

初夜の時とは違う、焦れるほど緩やかなやり方で、二人は互いの身体を知り始める。

けれど、すぐ、それだけではすまないのだと理解する。

ヴィンセントの手が乳房に触れ、重みを確かめながら揺らす。

するとたちまちその部分が膨らみ、張り詰め、尖端がゆっくりと頭をもたげだす。

心のどこかが訴える。足りない。もっとちゃんと触ってほしい。

口に出せない願いは、甘い吐息となってアンナの唇から溢れ、ヴィンセントの気持ちを煽る。

どちらからともなく唇をほころばせ、重ね合っていた。

すぐに舌が絡み、濡れた音は大きくなるが、もう、その頃になると羞恥を覚えるより、先を知ることばかりに気が移っていた。

薔薇の花が開くように、身体がヴィンセントの愛撫を受け入れだすと、待ちかねたように肩を押され寝台へ横たえられた。

悪戯な口が、鎖骨の部分をついばみ、肌に赤い印と疼痛《とうつう》を残す。

胸元から双丘へ、脇から横腹へと、感じる場所を教えるように、丹念に肌を吸われていくにつれ、アンナの身体が従順に拓かれていく。

探り合う指と唇は速さと激しさを増し、乳房の先を口に含まれると同時に、口から甘い喘ぎが溢れた。

「あ……っ」

ヴィンセントの髪を掻き回していた指が、くっと折れ曲がる。

それが合図だという風に、焦れるほど甘く緩やかな愛撫が、強く、深いものへと変化する。

色づいた胸の先を吸われ、同時に、膨らみが淫らな形へ揉み変えられだす。

「は、あっ……あ！」

じゅるじゅると音を立て、緩急をつけて吸われ、舌で転がされるごとに反応し、肩や腰が小刻みに跳ねた。

喘ぎながら目を向けると、狙い澄ましたようにヴィンセントは胸から唇を離し笑う。

はしたないほど絞りだされた胸の先で、赤く充溢した蕾が濡れている。

目眩がするほど淫らな眺めなのに、アンナは視線を逸らすことができない。

まばたきを繰り返しても目の前の光景は消えず、ただ瞳が潤むばかりだ。

「や……あまり、見ないで」

「見なければ、知ることはできないだろう。……お前の身体が淫らに花開き、私に応えようとするところを」

したり顔で告げながら、手遊びのようにもう片方の尖りに指を伸ばす。

そのまま、こりこりと捏ねられ、アンナの反論はたちまち喉奥へ引っ込んだ。

代わりに、甘く媚びた喘ぎがほとばしる。

「あっ……ああっ、あ！」

生暖かい口腔の中で、肉厚な舌が淫蕾をほぐす。すると、耐えようもない悦楽が胸から全身へと響き伝わる。

「ふ、あ……んあっ……ぁ」

必死に手を伸ばし、胸に伏せるヴィンセントの頭を捉え、困惑と切なさを伝えるように髪を掻き乱す。

右、左と気ままに、柔らかな果実を味わいながら、ヴィンセントの手は流れるように脇腹を辿り、足の付け根をそっとくすぐる。

「……あ！」

ぞわりと肌がおののいた。同時に投げ出されていた足が、身体の中央に向かって引き寄せられる。

けれどその反応は、身を守るどころか、感じる場所を無防備にさらす結果にしかならない。

ぐい、と膝が開かれ男の身体が入り込む。

閉ざそうとする太股をからかうように、付け根の部分を爪が往復し続ける。

胸を吸う執拗さとは真逆に、爪の愛撫は気まぐれで、だからこそ、余計に感じてしまう。

「んっ、ん……っ！　ふ、あ」

寄せた脚の爪先に力がこもりぎゅうっと丸まる。

必死になってヴィンセントを引き寄せ、すがっているのに、ちっとも楽になれない。

どころか、脚の間がじわりと濡れだしていくのがわかる。

「も、や……胸、は嫌」

ほうほうの体《てい》で訴えると、ずっと肌に触れ、吸い付いていた男の唇が離れた。

「もどかしいか」

アンナは頭を振る。すでに腰が砕けそうなほどだったから。

「では、感じ過ぎるのか」

続けざまに問われ、なにも考えず素直にうなずく。すると、ヴィンセントは目を細め、ぞくりとするほどの色香を放ちながら笑う。

「だったら、もっと感じるところを探してやろう」

「やっ……あっ！」

膝を手で押さえられ、限界まで押し開かれる。

夜着以外に守るものなどない場所は、あっけなく男の目にさらされた。

「駄目……ぇ、見ない、で……」

焼け付くような視線で見つめられ、肌がじりりと疼き、火照る。

「それは無理な相談だな。……覚えているといい。そのような甘い声で否定しても、私を煽ることにしかならないと」

言うなり、ヴィンセントは脚の間に顔を伏せた。

「ひっ……やっ……なに、を、……ああっ！」

ぬるりとした感触が、ほころびだしていた秘裂をなぞる。

指とは違う生暖かい感触に脚が萎縮し、閉じきれない太股が細かに震えだす。

その一方で、なんとも言えない媚熱が、その部分を熟れさせていく。

先を尖らせた舌でくすぐるように縦筋をなぞられると、尿意に似た感覚が起こり、一時もじっとしていられなくなる。

「は……っ、あぁん、ぅ……そんな、とこ、舐めない、で」

「断る。こんなに美しく淫らな花と、かぐわしい蜜を愛《め》でずにいられない」

ぴちゃぴちゃとみだりがましい音をわざと立てながら舐め、味わわれ、羞恥に思考が焼き切れていく。

「ひっ……んぅ！」

息をすることも難しいほど呼吸が急く。男の舌が溝をえぐり、侵入を深めるごとに、甘い疼きが下肢を責めさいなむ。

内部からほとばしりそうななにかをこらえ、目を閉ざす。

蜜口を飾る花弁をほぐし、ついに隘路をえぐりだした舌の生暖かさに、言い知れぬ恍惚を覚えてしまう。

いやらしい反応をする自分の身体が信じられない。

「や……、いや、も……それ以上は、駄目……乱れ、ちゃう」

今までにない感覚は刺激的過ぎて、不安さえ覚えてしまう。

「乱れればいい。どこまでも。私の手で感じきるアンナの姿を見たい」

大丈夫だ、それでも嫌いにはならないと伝えるように、鷹揚に脚を撫で回しながら、ヴィンセントは硬くしこりだした淫芽に唇を寄せる。

「我慢するな。解き放て。……すべて、私に委ねてみろ」

言うなり、敏感な神経のしこる場所を唇で挟み、舌でぞろりと舐め上げる。

うねるような愉悦がアンナの全身を呑み込み、腰が大げさなほど跳ねた。

「ひあっ……あ！」

指で触れられた初夜の時とは違う。舌によるねっとりとした愛撫は、より複雑に、巧妙に女の官能を煽り、理性を煮溶かしていく。

ぬるり、ぬるりと、舌全体を使って舐め、次の瞬間は硬くした舌先で突いて捏ね回す。

過敏な蕾へ愛撫を加えられると、全身がやるせなく震えた。

下腹部にどんなに力を込めても蜜は留まらず、秘裂からとろとろとだらしなく滴る。

愛撫されている場所はそこではないのに、入口は物欲しげに閉じたり開いたりを繰り返す。

「はっ……んっ、は……ぁ、あっ……あああっ！　ああっ！　ひあっ！」

それまで舌で舐められていた淫芯が、突然ちゅうっと吸い上げられる。

強過ぎる刺激に打ちのめされた身体が、一瞬で絶頂を迎える。

びくびくと腰が跳ね、首が仰け反った。

「ふあぁっ……ンンぅっ……！　あっ！」

達しているのに、ちっとも愛撫は止まらない。

指が差し込まれ、すぐさま内部の感じる場所を捉えられてしまう。

ぐちゅぐちゅと掻き回され、絶え間なく隘路をまさぐられるとたまらない。

我を忘れるほど乱れきり、手足を震わせ、身をのたうたせる。

わななく唇は絶え間なく喘ぎ、蜜筒から、こぷっ、こぷっと大量の愛露が湧いた。

秘処どころか、太股や尻の下のシーツまで濡らしてしまうが、羞恥を覚える余裕はない。

そうやって何度も極めさせられているのに、いつまで経っても、ヴィンセント自身は与えられない。

気持ちが開き、委ねられていくに従って、男への渇望は強くなる。

「も、無理……」

どろどろに煮詰まった欲求が子宮を満たす。

焦らされきった秘処は、入口だけではなく、内部までねだりうねり続けていた。

「なにかが、変……なの。切なくて、くるし……。どう、して……怖い」

それ自身が心臓となったように、びくびくと脈打つ下腹部に手を当て、自分を翻弄する男を見る。

するとと彼は身を乗り上げ、甘く、渇望に満ちた眼差しをして微笑んだ。

「怖いことはない……。私を、求めているのだな」

声を出すこともできず、こくこくと幼子のようにうなずく。

「私も、お前を求めているぞ」

言うなり、ヴィンセントは昂《たか》ぶりを秘裂に充て、一瞬で貫いた。

ずん、と重い衝撃が子宮を突き上げた瞬間、目の前が真っ白になる。

「っ…………！」

自分さえも消してしまいそうな、激しい快感が怖くて、アンナは手を伸ばしヴィンセントの首に必死ですがりつく。

「アッ……アアッ、あ、ンンぅっ……！」

腰が揺さぶられ、屹立が出入りするたびに、ぞくぞくとする痺れに囚われた。

抽挿ごとに卑猥な水音が響くのも、肌同士がぶつかる音が鳴り響くのも気にならない。

ただ、内部にある男の熱と硬さだけが生々しく、それを受け入れている事実に陶酔する。

感じ、達することを覚えた蜜壷は、ようやく与えられた牡に歓喜し、精一杯、咥え込もうと蠢きだす。

「くっ……！」

大きく腰を振り、入口まで抜いたヴィンセントが、吐精をこらえる声を放つ。

一時でも長く、繋がり、交わろうと望む呻きに、アンナは多幸感を覚えてしまう。

夢見心地のまま揺さぶられ、ただひたむきに男を受け入れた。

「好きだ……ッ」

掻き抱き、最後の追い込みをかけながらヴィンセントが漏らす。

飾りもなにもない、率直な言葉に、心の封印が打ち破られる。

「す、き……！」

告げた瞬間、はっきりと自覚する。ヴィンセントが好きだと。

人として相手を欲する言葉を口にした途端、身体が信じられないほど敏感になった。

穿たれる奥処から蜜がしぶき、ますます滑りのよくなった逸物《いちもつ》が襞を擦り上げると、全身に火花のような悦楽が走り、受け止めきれないほどの愉悦を生む。

「好き……ああっ、あ、好き……ヴィンセントが」

言葉遣いもなにもない。ただ熱に浮かされる病人のように、同じ単語を繰り返す。

「すき……、好き……！」

理性があるうちは決して言えない望みを口走り、アンナは随喜の涙をこぼす。

「好きだ……。なにもかも、私の持つすべてを与えよう。だから……」

言われずともわかる。こうして繋がり、子をなすことを望まれていると。

もう理由なんてどうでもいい。ただ、今、この腕の中に居る男に愛された証が欲しい。

肌に爪痕を残すほどすがると、充溢した襞が男にまとわりついて締め上げる。

「くそっ……、搾られるっ」

らしくない乱雑な単語を吐き捨て、ヴィンセントは一際激しく腰を穿ちだす。

今までの交合など、戯れに過ぎなかったのだと思わされるほど、ひたすらに揺さぶられる。

もうまともな言葉など出てこない。端から唾液の滴る唇を貪るようにして奪われる。

野生の獣のように、互いにひたむきに相手を求め、奪い、繋がりながら高みを目指し合う。

感じ、膨らみきった子宮口に、男の亀頭がめり込んだ瞬間、互いの想《おも》いが爆《は》ぜた。

同時に、ヴィンセントの男根が信じられないほど熱と硬度を増す。

互いの下半身が密着しきると、男がぶるりと身体を震わせ、もがくように口づけを解き背を反らす。

奥処を穿たれ、その衝撃に意識を奪われた時。

――放出された男の白濁が、アンナの意識と胎内を白く淫らに塗り潰した。

第四章　幸せに影を落とすもの

結婚式から一ヶ月半が過ぎた。

季節は初夏から盛夏へと移り変わっており、ガスタラ公城の周囲では、レモンやオレンジなどの柑橘類《かんきつるい》が、白い花や青い実でその枝先を重くしていた。

公爵が所有する荘園もそうで、果実の爽やかな香りに誘われた蜂や小鳥が、入れ替わり立ち替わり訪れる。

アンナは、ミツバチの巣箱におっかなびっくり近づき、蜂蜜を取ろうとする男たちや、甘いご褒美を目当てにお手伝いする農家の子どもたちを眺めながら、桃の枝に手を伸ばす。

果実が枝をしならせるほどたわわに付いていたけれど、少しばかり時期が早いためか、手の届く範囲に完熟しているものはない。

片腕に下げた籠を眺めると、まだ二個しか入っておらず、そのことにがっかりしながら溜息をつく。

これでは、お菓子を作るのに足りない。

せめて後一つと、枝に手を伸ばし跳ねていると、くすくすという笑い声がした。

「……今日は小鳥ではなく、野うさぎのようだな」

「ヴィンセント様」

からかわれたことに少し膨れる。すると彼はアンナの頬を指で突き、ついでアンナが手を伸ばしていた枝を引き寄せる。

葉が擦れ合う音がして、桃の枝がアンナの目の前に下りてくる。

うっとりとしそうなほど甘い果実の香りに唇をほころばし、一番熟したものをもぎ取る。

「ありがとうございます」

「そんなに桃をついばみたかったか」

結婚以来、なにかとアンナを小鳥扱いするヴィンセントが笑いかける。

「今すぐ食べるのではありません、これは煮詰めて、お菓子に……きゃっ」

籠に果実を収め、顔を上げた途端、頬をかじられ驚く。

「やっ、も……、なにされるのですか」

「枝より、こちらに実る桃のほうを食べたくなってな」

喉を震わせながら、ヴィンセントはアンナの頬に唇を添わす。

「駄目です。外で、昼なんですから……」

人目を気にして小さくなるが、拒絶はさほど強くない。

好きだと互いに自覚し合って以来、ヴィンセントは隙あればこうして触れたがる。

以前からその気《け》はあったが、アンナが好きだと口にし、ヴィンセントの求めに答えてから、溺愛は濃密さを増す一方で、最初は呆れ、口を挟んでいた彼の家臣や侍女たちですら、今はもう、見て見ぬ振りを通している。

昼間ですらこうなのだから夜は尚更《なおさら》で、ヴィンセントは飽きることなくアンナを求め、熱情の赴くまま何度も抱いた。

互いが求め合ううちに空が明け、アンナが起きられなくなってしまうこともしばしばで、あまりの入れ込みぶりに、侍女頭のエルメリーナがヴィンセントへ苦言を呈すこともある。

当の本人といえば、元乳母である女の説教を聞き流し、けろりとした顔で告げるのだ。

公妃のもっとも大切な務め——つまり世継ぎ誕生のことだ——を、手伝っているだけだと。

自身の公務を放置したりしないし、アンナの意思を無視しないのはありがたいが、多少の慎みは欲しいものだ。

胸の膨らみに伸びてきた不埒《ふらち》な手を叩きにらむと、夫は楽しげに空へと笑い声を放った。

「こちらの桃は、なかなか手強《てごわ》い。枝に手を打たれてしまった」

放置しておけば、桃どころか、尖端にある桜桃——乳首までも味わう気だったくせにと、恥じらい、うつむきながら内心で毒づく。

「拗ねるな。……今夜も、ちゃんと寝室で堪能してやる」

「そっ……そうではなく！　夫婦と言えど、時と場所は考えるべきです！」

「なるほど。人目がなければいいのか。確かに……アンナの持つ果実はどこも甘い。知られて、余計な虫がつくと、私も始末に忙しい」

軍人でもあるヴィンセントが始末などと口にすると、なんだか物騒だ。

「それに夜のほうが、たっぷりと蜜を滴らせてくれそうだしな」

思わせぶりな流し目で、昨晩の痴態をほのめかされ、アンナはついに両手で顔を覆い、しゃがみ込む。

「馬鹿っ……、もう、いやっ……！　淫らなことばかり言って、困らせて」

「そういう風に、お前が可愛いからいけない。……あんまり私を煽ってくれるな。冗談ではなく、ここで抱きたくなる」

アンナの側に膝を突き、たちまちのうちに抱え上げながらヴィンセントが言う。

「ほら。機嫌を直せ。荘園主が、アンナの好きなチーズと空豆のリゾットを用意していたぞ」

教会の鐘楼を目で示す。すると、待っていましたとばかりに昼の鐘が打ち鳴らされた。

それぞれの作業にいそしんでいた人々が、手を止め、晴れ渡った空を見上げる。

乾いた風に乗って、澄んだ鐘の音が遠く美しく響く。

初めて荘園に来て以来、ヴィンセントは折りに触れてアンナをここに連れてきた。

そして、城での多忙さを忘れたように、ただの男と女として、のんびりと一日を過ごす。

アンナと身体だけでなく、気持ちもきちんと繋げ、いたわろうとしてくれているのが嬉しい。くすぐったいほどの幸せを覚えながら、食卓が用意されている天幕へ行くまでの時間、夫婦としてたわいない会話を楽しむ。

「ガスタラ公爵家の馬はすばらしいそうですね」

「ああ。主力は軍馬だが、最近は競走用の馬も飼育している。……今は、生まれた子馬で厩舎《きゅうしゃ》が一杯になっている頃だ。興味があるなら連れて行くが」

「本当ですか！　子馬を見たことがないんです。だから、嬉しい。可愛いと、侍女たちの間で話題になっていましたし」

どこを触っても柔らかいとか、小さくて甘えてくるとか、そういう話をされると、母性が刺激されてしまう。

「動物が好きか」

「ええ。犬か猫を飼ってみたかったのですが、修道院も王宮も駄目で……。だから見るだけ」

今後も飼う機会なんてないだろう。少し残念に思っていると、ヴィンセントが嬉しいことを提案しだす。

「そんなことを言わず、気に入ったのがいれば飼ってみるがいい。馬用の牧場では、狩猟犬の飼育や訓練もしている。子犬も生まれる頃合いだ」

「わ……、狩猟用の子犬は、この荘園の犬とは違うのですか？」

くるくると巻いた毛を、茶色と薄ねずみの斑《まだら》に染めた垂れ耳の犬を頭に浮かべる。この荘園で飼われている犬だ。

見た目は勇猛というより穏やかで、滅多に吠《ほ》えない。それが、猟犬になるのだろうか？

「この荘園のは、松露《しょうろ》……トリュフ収穫用に訓練された犬だ」

「トリュフ収穫用に、犬ですか？」

「豚で見つける方法もあるが、食べられてしまうからな。犬は匂いを元にトリュフ探しを楽しむが、食べはしない。……嗅覚に優れているから、戦場で使う時もある」

「戦場で、犬を？」

噛んで人を害するのだろうかとおびえると、ヴィンセントがにやりと笑った。

「行方不明者や迷子の捜索なんかに使う。トリュフの匂いだけじゃなく、残されたシャツや靴の匂いを元に、どこまでも追跡してくれる」

「すごいんですね！」

はしゃいで手を打つと、ヴィンセントがまぶしげに目を細める。

「そういえば、最近早起きだな」

「侍女たちと、朝露を含む薔薇を摘んで化粧水を作っているんです。そのうちお贈りしますね」

「私に贈られてもな。……お前が使うといい。私は夜に楽しむことにする」

「もう。……ヴィンセント様はどんな香りがお好きです？　私は桃ですが」

そうやってお互いのことに耳を傾け、笑い、時には軽口を挟むうちにあっという間に、荘園の中心部——馬や天幕が並ぶ広場へ辿り着く。

腕から降ろされ、アンナがドレスの裾を直していると、息を切らせた馬が近づいてきた。

今、到着したばかりなのだろう。肌をしっとりと汗で濡らす栗毛の牝馬《ひんば》は、その上に黒衣の男——グイドを乗せていた。

彼は主の前で馬を止めると、一蹴りで鞍から地面に飛び降りる。

「ヴィンセント様、少し」

挨拶もなにもなく告げると、グイドはアンナをちらりとうかがった後で主に耳打ちする。

政治向きのことだと察したアンナは、夫から数歩距離を置く。

それでなくともグイドは苦手だ。

エルメリーナの息子で、ヴィンセントの乳兄弟と知っていたし、他の人たちと同じように親しくしたいと思うものの、どうもぎくしゃくしてしまう。

軍人で、騎馬中隊を率いる長だと聞いていたが、雰囲気が他の男たちとまるで違う。

護衛や、他の将校たちは、からりとして、よく笑う気持ちのいい男たちなのに、グイドが声を上げて笑っているところなど、ついぞ見たことがない。

その代わり、口の端を少しだけ吊り上げる冷笑は、絶えず目にする。

ともかく苦手だ。なんだか距離を感じてしまう。

彼が来ると、アンナが場を外さなければならないことも関係しているのだろう。

明示的に、あちらで待っていろと口にされることは少ないが、ヴィンセントとグイドが顔を合わせると、なんとなくアンナは居づらくなる。

他の時は、アンナを側から離さないヴィンセントが、この時ばかりは止めてくれない。

（欲張りになり過ぎている。……なんでもかんでも側に居るか、説明されたいと思うなんて）

山間にある小さな公国とはいえ、ヴィンセントが統治するガスタラは、兵の強さで名を知られている。

民をまかなえるだけの収穫はあっても、外国へ輸出するほどの作物が取れないこと、周辺で小国が郡立し争い合っていることから、貿易に弱く、外貨を稼ぐには軍を貸すしかない。

そうやって戦争や要人警護を請け負う関係上、アンナのような小娘に話せない機密もあるのは、仕方のないことだ。

わかっている。けれど少し気にかかる。

（気にかかると言えば……。大奥様にも会っていない）

ヴィンセントの実母、つまり前の公妃のことだ。

結婚式の日に、喪に服していると聞いたが、それ以来、会うどころか名前も耳にしていない。

それとなくエルメリーナなどに尋ねるが、ヴィンセントの実母の話になると、誰も彼もが口を閉ざし、あからさまに話題を逸らした。

一度だけ、侍女が口を滑らせたが、どうも、アンナが関係することでヴィンセントと前公妃が対立しており、箝口令《かんこうれい》が敷かれているらしい。

ヴィンセントに問いただしたかったが、聞いて打ちのめされるのが怖かった。

そもそも、ヴィンセントはアンナではなく、アンナの主、フェラーナ王家の姫であるアンネッタと結婚する予定だった。

息子に、より血筋の優れた花嫁を望んでいた姑。という図式が想像できるだけに、気持ちが臆してしまう。

いつかは、と思うけれどそれがいつかはわからない。

幸せの中、見て見ぬ振りをしている現実が、胸の奥底で、静かに凝り固まっていく。

落ち込みそうな気分を払うために、アンナは深呼吸し、それから、気晴らしで側に居た侍女に声をかけて卓につき、昼食を楽しむことにする。

けれど、隣にある夫の席はずっと埋まらず、――城に帰り着いても、彼は姿を現さなかった。

◇◆◇

真夜中を知らせる低い鐘の音を聞いて、ヴィンセントは顔をしかめた。

つい十二時間前までは、満ち足りた一日になると信じていたのに、今は、考え過ぎて重くなった頭を抱え、階段を上っている。

いつもならば、妻の元へ向かいたくて二段飛ばしながら上る階段が、妙に長く、暗い。

（アンネッタ姫が、修道院から姿を消した）

グイドが持ってきた報告に舌打ちしたが、悪いのは自分だとわかっていた。

あの奔放な女が、長く修道院でじっとしているはずがない。いずれ逃げる。

結婚を破談とされたことは不名誉だが、すでに招待客への対応は終わっている。

婚礼の宴が終わる頃には、皆が、ヴィンセントが結婚したのはフェラーナ王国の姫ではなく、伯爵令嬢で、アンネッタ姫との縁談の噂は間違いだったのだと理解していた。

今更、アンネッタが結婚だどうだと喚いても、門前払いにするよう兵に伝えていた。

いずれにせよ彼女はフェラーナ王国へ戻り、弟王へ喚きたてるだけ。こちらへは実害がない。

なのに……彼女はフェラーナ王国へ戻らず、姿を消した。

側近の高級侍女さえ置き去りにして、一人忽然《こつぜん》と消えたという。

しかも、修道院を見張っていたガスタラ兵の目を盗んで、だ。

いつから消えたのか、誰が手引きしたのかもわからない。

姿を消す前、アンネッタ姫は、侍女全員に気晴らしの葡萄酒や料理をごちそうしたが、そのどれにも、眠気や意識障害をもたらす薬が入っていた。

連日の乱痴気騒《らんちき》ぎから一転、アンネッタ姫が使っていた賓客用の別館から、誰も出てこないこと、静か過ぎることをいぶかしんだ修道女が様子を窺いに行けば、そこには青い顔で倒れ、呻き眠る侍女たちの姿。

全員を治療し回復させたものの、中に姫はおらず、間に誰が訪ねてきたかもわからない。

さらに、くだんの薬は、アンネッタ姫がヴィンセントとの結婚を嫌がり、修道院へ飛び込んだ時に使われたものと、症状がよく似ていた。

残されていた葡萄酒から、ヴィンセントお抱えの医学者が断定し、前の逃亡と線が繋がった。

使われている薬草は高価で、貴族でなければ手に入らない。

だとすれば、それなりの財力と知恵を持つ者が、アンネッタ姫を手引きしたということだ。

(男か？　フェラーナ王か……？　アンネッタ姫はどこまで知っている)

失踪の切っ掛けがなんであるかによって、対応は大きく変わる。

(フェラーナ王は、ない……)

フェラーナ王宮を調査していたグイドによると、マウロ王は、姉が結婚を嫌い逃げたことも、アンナが身代わりになったことも、聞かされていない様子だった。

無論、外交大使は知っているだろうが、事なかれ主義を押し通しているのだろう。

あるいは、告げても、王は一日中酔っ払っていて、ろくに物事の判断が付かないのか。

最近では、気鬱を紛らわせるために阿片《あへん》を口にしているとも噂されている。

だとしたら、マウロ王になにかをする力はない。ただの操り人形だ。

（となれば、やっかいだな。王ではなく側近の主導、または今の王への反対勢力か）

一体どういう理由で、アンネッタ姫は姿を消したのか。

アンナと結婚したことが原因であれば、アンネッタ姫がヴィンセントに接触してくる可能性は高い。

（気位の高いあの姫のことだ。自分の侍女風情が公妃に収まっていると知って、黙って受け流すことはできまい）

だとすると、いずれこの城に来て、ヴィンセントとの会談を望むだろうが、それは避けたい。

アンナは、ヴィンセントに対して、どこか遠慮がある。

生来の人見知りもあるが、おそらく、自分がアンネッタ姫の夫となる男だったからだろう。

わかっていたから、甘やかし、好きだという気持ちを伝えてきた。

ようやく最近、心を開きつつあるのに、下手にアンネッタ姫とはち合わせ、思いがあちらにあるのでは、などと考えられるのも困るし、引け目を感じさせたくない。

愛されることに自信がなく、いまだに寂しそうな顔をする妻に、余計な不安など抱かせたくなかった。

ともかく相手の動きを探らなければと、調査方法や見つかった時の対応などをグイドと話し、……この時間である。

溜息を落としてヴィンセントは寝室の扉を開く。

昼間、荘園ではしゃぎ疲れてしまったのか、アンナは窓辺に身体を預けたまま眠っていた。

窓際に腕を投げかけ寝ている妻に目を細める。

雲のようにうずたかく積んだクッションに腰を埋め、銀髪を月光に輝かせ眠っている。

陽差し避けのカーテンが夜風に煽られ、彼女の背中で翼のようにはためくと、もう、天使が寝ているようにしか見えなかった。

触れれば消えてしまいそうなほど清らかで儚い姿に、胸が締め付けられる。

(好きだ)

誰に聞かせるでもなくつぶやく。

アンナが初めて好きだと口にし、求めてくれた夜は、もう死んでもいいとさえ思えた。

彼女の血の秘密は、ヴィンセントと、わずかばかりの側近だけが知っている。

だから、このまま平和になにごともなく、時だけが過ぎ、……全員が、年老いて死ぬまで口を閉ざし、アンナになにも知られぬまま終わればよかった。

けれど、そうならない。

(きっと、アンナに知られてしまう)

恋というヴィンセントの我欲のため、アンナが受け継ぐべきすべてを奪おうとしたことを。

(……フェラーナ王国の玉座に座るべき権利を、アンナから奪おうとした)

否、今でも奪えればと思う。

当然のことではあるが、ヴィンセント自身はフェラーナの王冠に興味などない。

アンナの王位継承権を抹消してしまいたい理由なんて、一つだ。

政情が不安定なフェラーナ王国。

現王マウロを中心とする貴族たちは、浪費のために民へ重税をかけ続け、反発を募らせている。

そんな中、正しき血筋――失われた王太子の血を元とする娘が現れたら？

結果は火を見るより明らかだ。アンナが好むと好まざるとにかかわらず、反乱の旗印に担ぎ上げられる。

突然の結婚を受け入れてしまうほど戦争を嫌がるアンナには、どれほど辛いことだろう。

ヴィンセントだって、そんな波乱と苦悩に満ちた未来をアンナに歩ませたくない。

（なんとしても、手を打ち、阻止しなければ）

気配を消したまま、アンナの側に腰を下ろし、月の光で白く輝く頬や髪を指先で辿る。

「アンナ……」

妻の名を囁く。愛を告げる言葉を添えて何度も、何度も。

そして触れられる奇跡にすがり、希望を求める。

四年前、アンナが死んだと思い、心の柔らかい部分を痛ませた。

恋だと自覚する前でそうなのだ。愛を自覚した今、アンナを失えば、きっと自分は心を失ってしまう。だから――。

「側に、居ろ。もう……二度と、私の前から姿を消すな」

刹那に願いながら、ヴィンセントは眠る妻に口づけた。

◇◆◇

夏の盛りを越えてしばらくすると、街道沿いの街や村で、祭や市が開かれだす。

それはガスタラ公国においても同じで、収穫のために使う農機具や金具を売る市、寒くなる季節に必要とされる毛織物の市、保存食用の果物や砂糖、塩の市などがあちこちで開かれる。

中でも一番大きいのは、国を挙げて飼育している軍馬や競走馬の市で、外国からも沢山の客が集まると言う。

馬市に関係する商人以外にも、貴族や富裕層が直接馬を買い付けにくることもあり、人出目当ての旅芸人や出店《でみせ》なども押し寄せる。

目玉は、パーリオと呼ばれる馬競争で、一位を誰か決める賭けには、一攫千金《いっかくせんきん》を狙う老若男女が大騒ぎするらしい。

侍女たちの話題もそのことで持ちきりで、毎日、恋人と一緒に行く、とか、夫が馬競走に出るとか、はしゃいだ声で語っている。

うらやましい。いいなあ。自分も行きたいなあ。……でも、人が多い場所に出るのは……などと、内心しょげていると、さっそくヴィンセントに見抜かれた。

それから四日後。

「大丈夫かしら。私には華やか過ぎて不釣り合いなんじゃ……」

朝早くから用意して、身に纏ったドレスを摘まみ、アンナは裾を確かめる。

今日、彼女が着ているのは、目も覚めるほど鮮やかな緋色《ひいろ》のドレスだった。

大きく開いた姫袖からは、たっぷりと襞を取った白絹が花弁のように咲きこぼれている。

裾の前開き部分は二重となっていて、端を強調するように、青緑色のフリルで飾られている。

フリルの真ん中は、表地と同じ緋色のリボンで押さえ縫われていた。

胴の部分はさらに華やかで、紅と白の繊細なレースで覆われている。

腰の部分と頭飾りには、アンナの瞳に会わせた薄紫の薔薇を使っており、綾織りのリボンが一つ、結ばれているのが愛らしい。

華やかさと、可憐《かれん》さを丁度よく引き出しているドレスは、とても手が込んでいた。

普段は、淡い水色や黄色のすっきりしたドレスを好んでいたが、今日だけは、と侍女頭のエルメリーナに押され、このドレスを選ばれた。

「気にされなくても、とてもお似合いですよ」

珊瑚《さんご》を刻んだ薔薇と真珠でできた首飾りをアンナに着けていたエルメリーナが、呆れ笑う。

「控えめな装いが好きなのは存じております。ですが、公爵閣下と外に行かれるのですから、これぐらい派手でなければ」

言うと、周りで片付けに入っていた侍女たちがくすくすと笑う。

「初めて、夫妻揃ってお祭に行かれるのですもの」

そうなのだ。馬市の賑《にぎ》やかさを聞いて、見たいとは思いつつ、身代わり公妃の自分が行って人目を引く訳にはいかない。と我慢していたところ、夫のヴィンセントが提案してきたのだ。

一緒に行ってみないか、と。

あわてて、私のようなものが、とか、あまり注目されるのは、と口にするも、すぐ『なんの。それしきのこと』と笑い飛ばされた。

戦が落ち着き軍馬の需要が減った分、馬市では競走馬がもてはやされだした。

来る客層も、自然に軍人から貴族へと替わる。

しかし、面子《めんつ》を重んじるのが貴族。

馬市も競馬も楽しみたいが、民のように賭けに興じる姿が見つかり、馬鹿にされるのは困る。と悩み、仮面をつけて変装することを思いついた。

顔を隠したところで、服装や仕草などで貴族とわかるが、それはそれ。

仮面をつけている間は、別人。

名前がわかってもあえて知らぬ振りを通し、気さくな社交を楽しむのが流儀。

だからアンナも、仮面をつけていれば、正面切って公妃だと言われたりしないそうだ。

確かに、フェラーナ王宮で催されていた仮面舞踏会も、無礼講に近かった。

きっとあんな雰囲気だろうと納得し、自分も参加できる嬉しさを噛みしめうなずいた。

そして今日。

大勢の貴族の前に出るのだからと、いつもより五倍は張り切る侍女に取り囲まれ、持っているものの中で、とびっきりのドレスを着せられた。

「やっぱり、目立ち過ぎるのでは」

「目立ったほうが勝ちですから！　我らが公妃のアンナ様が、そんじょそこらの貴婦人やご令嬢に負けられては、ガスタラ公城に仕える侍女の名がすたります！」

「公妃と名乗られなくても、美女との評判を沢山得るべきです！」

髪結い担当の侍女が、鼻息も荒く身を乗り出すのに、アンナは思わず身を反らす。

「そ、素地というものがありますし。私は決して」

「なーにをおっしゃいますかねえ。……ヴィンセント様と結婚されてからの一月半で、ずいぶんお美しくなられたのに」

「え？」

首飾りの位置を確認し、これでよし、と手を打ちエルメリーナは笑う。

「そりゃあね、こちらに来られた時はぱっとしませんでしたよ。疲れてくたびれていて、肌も生っ白くて、いつ倒れるかと内心でびくびくしていましたよ。あたしは」

手持ちの扇を開き、閉じ、確認しながらエルメリーナが続けた。

「ヴィンセント様と荘園に行かれるようになってからですかね。見違えるほど綺麗になられて。そりゃ毎日驚きますし、腕に磨きをかけて、美しく着飾らせたくもなります」

「よく召しあがられたから、頬に赤味《あかみ》も差してきましたし。身支度をするこちらも楽しくて」

「お日様に当たって、運動されたのがよかったのでしょうね」

別の侍女たちが続け、そうか。と納得しかけると、一番若い侍女がにやりと笑う。

「夜の運動もばっちりですものね。本当に毎晩ご熱心なほど、アンナ様を愛され……って！」

閨《ねや》のことをほのめかされ、アンナが赤くなると同時に、エルメリーナがふざけた侍女に肘鉄《ひじてつ》を入れる。

「余計なことを言うんじゃないよ。……そんなこと、この城に居る者はわざわざ口にするまでもなく知っているだろう？」

「エルメリーナさん、それは助け船になっていません……」

顔を両手で覆ったが、もう耳どころかうなじまで熱い。

子を望む、と言った真意はまだ不明だが、ヴィンセントは隙あればアンナに触れたがり、甘やかしたがる。

過剰とも言える愛情表現に、アンナは時々、自分が侍女だったことすら忘れてしまいがちになる。

ひょっとすると、フェラーナ王宮に居た時が夢で、今が現実——あるべき姿ではないか。などと錯覚しかける程だ。

ヴィンセントは、アンネッタ姫の身代わりとしてではなく、本当にアンナを愛し、結婚を決意したのではないか。と。

（そんなはずは、ないのに）

忘れてはいけない。忘れると失った時に辛い目に遭う。

自分は侍女で、身代わりで、いつかはこの幸せな夢から覚めなければならない。

心に言い聞かせながら、ドレスの上から母の形見に触れ、不安に乱れそうになる呼吸を落ち着かせる。

そうこうするうちに、ヴィンセントに仕える侍従が現れた。

案内されるまま馬車に乗り込むと、少し遅れてヴィンセントも乗り込んでくる。

「アンナ」

今朝まで、彼の腕に抱かれて寝ていたというのに、会えてとても嬉しいという風に笑いかけられ、落ち込みかけていた気持ちが急浮上する。

「ヴィンセント様」

「今日はまたずいぶん可憐で華やかだな。いつもの清楚な姿もいいが、これはこれで美しい」

弾むヴィンセントの声から、お世辞ではなく本当にそう思っているのがわかる。

胸が高鳴る。アンナは顔を上げ、うわずる声でなんとかお礼を口にする。

「ありがとうございます。とても、嬉しいです」

好きな男に喜ばれることが、こんなに幸せだなんて思いもしなかった。

じんわりと手足の先まで温かいものに満たされていくのを感じながら、笑みに唇をほころばすと、ヴィンセントは座席から腰を浮かせ、素早く唇を塞いでくる。

「んっ……ふ、や……駄目。駄目で、す」

揺れる馬車の中、二人が唇を重ね続ける音がひそかにに響く。

車輪や馬の蹄の音に比べればささやかなはずなのに、どうしてか耳に大きく聞こえる。

恥ずかしさから身を小さくすると、たちまち両肩を掴まれた。

「あっ」

不安定な姿勢に腰を浮かすと、待ち構えた動きでヴィンセントの膝の上に座らされてしまう。

「これでいい」

「ヴィンセント様ったら。……こんなところを、外から見られたら」

「別に誰も見ないだろう。馬車の中なんて。目隠しの網も張っているのだし」

だからと言って、不埒なことをしていい理由にはならない。

流れるような動きで腰から胸元まで上がってきた男の手を、ぱちんと軽く叩き、興奮に潤みだした目でにらむ。

「だ、駄目です。せっかく、エルメリーナさんたちが綺麗に整えてくれたのに」

「馬車の中だ。撫で回すぐらいで、そこまで乱す気はないぞ。……それとも、乱してほしいか。色々あって、一昨日から抱いてなかったしな。そろそろ私が恋しいだろう」

「もうっ！」

したり顔をされ、無性に悔しくなって男の胸元を拳で叩く。すると、硬いものが入っている感触がした。

「あっ……ごめんなさい、痛かったでしょうか……」

拗ねていた気持ちが一気に覚める。あわててアンナが身を起こすと、ヴィンセントは曲げた人差し指でアンナの輪郭をなぞり、頭を振った。

「まさか。この程度で痛いはずがない。……剣の鍛錬《たんれん》で失敗した時のほうがまだ痛いぞ」

言いつつ、上着の懐に手を入れる。

再び現れたヴィンセントの手の上には、小さな香水瓶があった。

六角柱の胴体に硝子の栓があり、表面には鍍金《ときん》などで桃の花や実が描かれた、美しい品だ。

「これは？」

「東方の国から取り寄せた香油だ。桃が好きだと言っていただろう。薔薇よりこちらが似合うのではないかと思ってな」

差しだされるまま、そっと小瓶の栓を持ち上げる。

二人の間に、甘くて瑞々しい桃の香りが漂いだす。

爽やかで優しく、どこか官能的な匂いだ。

「フェラーナ王宮に出入りしていた香料商から、桃の果実や花からは、直接、香りを抽出できないと聞いたことがあります。どうやってこれを？」

「実際は薔薇やジャスミンなどの香料を混ぜていると説明された。アンナに似合うように、本物より優しく、軽やかに仕上げてもらったが。……着けてもいいか」

膝の上でこくりとうなずく。自分のために選んで、取り寄せてくれた気持ちが嬉しい。

ヴィンセントは香油を纏わせた指を、アンナの頸動脈《けいどうみやく》から胸元へと滑らす。

汗とも乾いた肌とも違う、ぬるりとした感触に鼓動が跳ねた。

「なじませよう」

耳殻に唇を触れさせ低い牡の声で言うと、アンナの了承を待たず、香油が塗られた筋沿いに指で輪を描く。

くるくると動かしながら、時に力を込め、あるいは抜き、丹念に香油を肌になじませる。

愛撫に似た、けれど焦れったい動きに身体が跳ねそうになる。

馬車が揺れた弾みに、ヴィンセントの爪が首筋を掻き、ぞくりとした。

「あっ……」

たまらず小さな声をこぼすと、ふ、と熱い吐息を耳孔に吹き込み男は笑う。

「こんなところで、色めいた声を出すなんて。いけない子だな……」

先ほどより大胆に指が首に触れる。媚熱を放ちだした男の指はたちまちにアンナの女を目覚めさせる。

「は……っ、んッ」

声を殺そうとヴィンセントの肩口に顔を埋め、力なく頭を振るが、止めてなんてもらえない。

唇が耳朶を挟み、濡れた舌先がその輪郭をゆるりとなぞる。

香油を拡げていた手は、もう首だけに留まらず、四角く開いたドレスの胸元に達していた。

肉厚の掌《てのひら》で包むようにして鎖骨をなぞられる。すると互いの熱がなじみ、気持ちを蕩かす温もりへと変わる。

心地よさのまま目を閉じ、ヴィンセントの胸元に添えた指できゅっと上着を掴む。

切なげな吐息が頭上から聞こえ、耳の付け根に柔らかな唇が充てられた。

「ぁ……っう」

漏れそうな声を絞り、身を震わせる。悪戯な指先は胸元を飾るレースをなぞり続けている。

二人の間には甘い桃の香りが漂い、尚更に頭を陶然とさせた。

時間をかけて丹念に顔や首筋に口づけられる。もどかしさに焦れ、もっとねだりたくなるが、馬車の中でこれ以上できる訳もない。

お互いに昂ぶり、長い触れあいに浸る中。がくんと大きく車輪が跳ねた。

衝撃でアンナは閉じていた目を開く。するとドレスのフリルで隠れていた、秘め事の赤い証が見え、恥ずかしさが急激に膨らんだ。

「きゃっ」

あわてて両手でヴィンセントを押すが、力の差からほとんど距離は離れない。

「ふ、……本当に。アンナはいちいち可愛いから困る」

目の縁を赤らめ、情欲を抑えた声でつぶやくと、ヴィンセントは手にしていた香水瓶に蓋をし、それから、思いついたように目の前にある胸の谷間に押し込んだ。

「やっ……！　やだっ、も！　こんなところに」

「丁度いいだろう。付け直すのにも便利だし。誰にも取られなさそうだ」

楽しげに喉を鳴らしながら、ヴィンセントはアンナを掻き抱く。

「落とさないように。それから、私以外には触れさせないように。……できるな」

乳房に挟ませる形で押し込んだ小瓶の蓋を、上から突く。

緩やかに焦らされ、期待に膨らんでいた胸にはそんな刺激でも強い。

「も、や、押しちゃ駄目……！」

「しまうのを手伝ってやってるだけだと言うのに。それとも、感じているのか」

意地悪だとわかっていながら、とぼけられ、アンナはヴィンセントの手を叩き、到着まで、子どものようにふくれっ面をしていた。

なだめながらも、ヴィンセントが到着まで、決して膝からアンナを下ろさなかったのは、言うまでもない。

馬車を降り、帽子と仮面を身に付ける。そこで初めて、エルメリーナたちはドレスだけでなく小物までも含めて、服を選んだのだと気づく。

淡い朱色のヴェールがついたつば広の帽子には、ドレスと同じように薔薇の造花が飾られており、蒼い宝石や羽を飾った仮面は蝶《ちょう》の形をしていた。

「魅惑の薔薇といった風情だな」

そういうヴィンセントは、毛皮がいっぱいついた黒猫の仮面を付けている。

馬市の賑わいは大変なものだった。馬や馬具を扱う商人だけでなく、馬専門の獣医まで集まるとあって、近隣から大勢の人や馬が集まり、入り交じっていた。

男性だけかというとそうでもなく、馬具を作る技術を生かし作られる革手袋や靴は、高品質なわりに安価で、息子や夫への贈り物や、自分用にと買い求める貴婦人も多い。

一際賑わっているのは競馬場で、レースが始まるのは昼からだというのに、もう、賭けを仕切る者の声や、人出目当てに集まった、食べ物屋台からの呼び声で活気づいていた。

アンネッタ姫ではないことがばれないかと、最初こそヴィンセントの隣で緊張していたアンナだったが、仮面と帽子を着けていること、すれ違う誰もが気さくに挨拶し、好き好きに語り、立ち去る祭独特の解放感にあてられ、徐々に肩の力を抜いていった。

二人は市を一通り見物し終え、最後に、競馬の行われる広場へ辿り着く。

長い時間、歩いていたが、足が痛んだりはしない。

それは、ヴィンセントが気づかってくれたからだ。

子馬の柵を見る時は一番に椅子を勧め、陽差しの中、大道芸に見入って時間を過ごすと、終わり際に蜂蜜とレモンで作られた冷たい飲み物を差しだしてくれる。

君主公爵を従者のように使うなんて悪いと思ったが、『馬を見るより楽しんではしゃぐアンナを見るほうがいい』とか、顔を寄せ『馬車で拗ねさせたお詫《わ》び』だと意味ありげに言われ、呆れるほど甲斐甲斐しく世話したがるものだから、ついにアンナも遠慮することを諦めた。

仮面を付ければ別人。ガスタラ公とその妃ではなく、恋人同士として楽しもう。

馬車を降りる時に言われた言葉だけを胸に、あちこちを見て楽しんだ。

途中、ヴィンセントを見て会釈する貴族も居たが、彼はあえて知らぬ振りを貫いた。

だからアンナも、アンネッタ姫の身代わりだとか考えない。

競馬が行われる広場は楕円形をしていて、その周囲には見物用の台がある。

しかしそれだけでは足りないらしく、広場に面する家の屋根にまで人や子どもが溢れていた。

みんな目をキラキラさせ、馬が走るのをまだかまだかと待ち構えている。

人気なのは、やはり、と言うべきか、ガスタラ公国の馬と近衛将校の組み合わせだ。

「ヴィンセント様は、出場されないのですか？」

侍女たちが、騎手をまるで王子様か英雄のように語っていたのを思い出し問う。

赤毛の彼が黒馬と一体になって風を切る姿は、すばらしい。

荘園に行く時に戯れに走らせるだけでも、かなり速いのだから、競馬ならきっと一番で、賞金も総ざらいだろう。

「ええっ」

「出たい気持ちは山々だが、四年前にお忍び参加した時、終盤の競り合いで落馬してな」

「受け身は取ったし、打撲ぐらいしかなかったのだが、騒ぎになって身元がばれた」

元々、売る馬の価値を示す競争だったため、パーリオと呼ばれる競馬では、馬具は着けず、手綱一本の裸馬で速さを競う。

鞍やあぶみのない分、かなり不安定だ。

しかも終盤になると、馬の汗でどうしても乗り手の膝が滑る。

簡単に言っているが、きっと大騒ぎだったのだろう。

目を大きくするアンナを見て、ヴィンセントは肩をすくめた。

「老臣どもからとびっきり怒鳴られたあげく、母上から、後継者たる息子を二人得るまでは、なにがなんでも競馬は禁止！　と叫ばれてな」

「それはそうでしょう」

今の所、ガスタラ公爵直系男児はヴィンセント一人だけ。

他の、傍流である叔父や従兄弟は、すべて他の貴族家当主か、王家の者となっている。

つまり、ヴィンセントが死ねば、継承問題によりガスタラ公国が消える可能性もあるのだ。

「公爵として軽率だったのは認めるが、まあ、ちょっと色々あってな。……少し荒れていた」

「四年前……」

遠い目をして馬場を眺めているヴィンセントから、そっと目を逸らす。

(四年前、確か、婚約者を亡くされた年だわ)

ドレスに目を落とす。

昨日、このドレスを仕上げに来たお針子が口にしたことが、もやもやと頭によみがえる。

普段は侍女と過ごすアンナだが、お針子だけは別だ。

結婚してからその日まで、特に新しく直すものもなく、作ることもなく過ごしてきたが、よそ行きのドレスとなるとそうもいかない。

祭の人混みでも型崩れしないよう補強し、土で汚れないよう裾も上げなければならない。

そんな訳で、城に出入りしているお針子たちが来たのだが、新しい公妃に会えるのを心待ちにし、浮かれていたのだろう。

仕事を終えた彼女らは、お茶を用意するため侍女が席を外した時、うっかり口を滑らせた。

『奥様とご結婚されて本当におめでたいこと。私ども、民も心配しておりましたのよ』

『四年前に婚約者を亡くされてからと言うもの、公爵閣下は縁談をすべて断られるばかりで』

え、と口を開いて固まった。

そんな話は初めて耳にする。驚くアンナに気づかず、失われた婚約者の話は続く。

相手はフェラーナ王国公爵家の血を引く令嬢で、由緒正しい家柄の方。

両親も認めた縁組みで、幼い頃から結婚を約束されていた。特に大奥様が乗り気だった、と。

フェラーナ王国から姫を娶られると聞いていたので、きっとそういう縁もあったのだろう。

――など、悪気もなく語られ、青ざめた。

戻ってきた侍女が、アンナの様子がおかしいことに気づき、あわてて、そうだったんですね。

と相づちを打ち、貧血と嘘をついて一人にさせてもらった。

その夜は、体調不良を理由に、ヴィンセントとは別の部屋で眠った。

どうしてか、胸が痛んだ。そんな資格なんてないのに。

アンネッタ姫の身代わりの花嫁。新しい公妃候補が見つかれば、舞台から降りるべき存在。

ヴィンセントが過去に婚約者を失っていようと、新しい妻を見つけようと、アンナに口を出す権利はない。

でも——気になる。

失われた婚約者は、フェラーナ王国の人だった。だから、アンネッタ姫の結婚も受けた。そして、アンネッタ姫が逃げたから、アンナを選んだ。

フェラーナ王国の貴族令嬢であれば、誰でもよかったの？　そう問いたい気持ちを呑み込み、翌朝、心配して尋ねてきたヴィンセントに大丈夫だと答えた。

気分は晴れなかったが、うじうじ落ち込んで、祭に行くのを取りやめては、準備してきた侍女やお針子たちに申し訳ない。

それにヴィンセントに、こんないじけた気持ちを持っていると知られ、嫌われたり、面倒くさがられたりするのが怖かった。

だから心の底にねじ込み、蓋をしていたが。

（四年前に、荒れた。……婚約者を愛していたから？）

さもしい話だが、アンネッタ姫が相手だったらまだ諦めがつくだろう。

政略結婚だし、ここまでこじれた以上、互いに好意を抱くのは難しいと思うから。

でも、今は居ない婚約者、死んだ人への愛を出されてはかなわない。

（馬鹿だわ、私）

——彼は、失われた婚約者の影を求めているだけかもしれない。

その可能性に気づいてしまった今、消しきれない悲しみが、汚れのように胸にある。

競争開始が近いのか、集まりだす馬や騎手を眺める振りをしつつ、アンナは唇を噛む。

いつのまにか、ヴィンセントを好きになっていた。知らない間に、妻として扱われることに慣れていた。そして、強欲にも、真実の愛を得られると勘違いしていた。

側に居て、この国がどう変わっていくかを見守り、彼の子を産み育てる。

正妻になんて贅沢は、もう言わない。ただ、側に居られればいい。

そんな風にごまかしていた気持ちが、今にも壊れてしまいそうだ。

（本当は愛されたいというのに）

黙り込んでどれほど立っただろう。馬の様子を眺めていたヴィンセントがこちらを向いた。

「アンナ？」

「あ、いえ……、競争がいつ始まるかと緊張していて」

騎手たちの気迫に押された風を装い、なんとか笑みを浮かべる。

「貧血か？　……やはり、無理をさせているのでは」

「いえ！　どうしても来てみたかったのです。ヴィンセント様と一緒に」

嘘偽りない気持ちを口にする。それだけは本当だった。

誰よりアンナの気持ちの揺れに敏感なヴィンセントだが、一昨日、具合が悪かったことや、祭という特別な状況などが重なったせいか、あえて追及はしてこない。

替わりに、眉をひそめて馬場を見る。

「どうか、されたのでしょうか？」

「馬の様子がおかしい。……競走馬は訓練されていて、周囲が騒いでも落ち着いているものだが、なぜか、気が立っている」

どの馬にも騎手や馬丁が張り付いている。開始を告げる役であるこの街の長も、振るべき旗を放り出し、額を盛んに腕で拭っては、馬場と監督席を行き来する。

いつまでも競馬が始まらないことに痺れをきらしたのか、観客たちは徐々に声を荒らげ興奮しだす。

その時だった。

一頭の馬が竿立《さおだ》ちになり、口から泡を飛ばしながら暴れ始めた。

甲高い悲鳴、馬のいななき、人がどよめく音。それらが一斉に放たれ、鼓膜に突き刺さる。

ヴィンセントに守られるように肩を抱かれ、咄嗟に手で耳を覆う。

見えやすいようにと、最前列の席を取っていたのが災いしてか、出口へ向かおうにも、逃げ出そうとする人々が詰まっている。

「これはどういう……」

「ヴィンセント様！」

馬場から声がかけられる。

視線を下げると、一段低くなった場所に、ガスタラ公国の代表騎手を務める軍将校が居た。

「なにごとだ。こんな騒ぎ、聞いたこともない」

「どこかの馬鹿が、発情した雌馬を連れ込んだらしく！」

「どうやって。競馬場には牡馬《ぼば》しか入れない決まりだろう」

「ともかく、競走馬が猛《たけ》って仕方がないので……わあぁっ！」

報告していた青年将校が叫んだと同時に、アンナに影が差す。

馬が手綱を振り切って暴走を始めたのだと、妙に冷静に頭のどこかで理解した。なのに、指一本も動かせない。

幸い、青年将校は突進してきた馬から身をかわしたが、驚いた別の騎手が手綱を放し、暴走馬は二頭に増える。

後はもうなし崩しだった。十数頭いる馬たちが蹄を蹴立てて荒れまくる。

馬から落ちた馬丁が地面に倒れ、そのまま蹄の餌食となる。

耳をつんざく絶叫の後、骨を折ったのか、口から血を吐きうずくまる。アンナはその様を、まばたきもできず見ていた。

「くそっ、アンナ！　絶対にここを動くな」

「は、はいっ」

見ていられなくなったのだろう。ヴィンセントは観客席の手すりに足をかけ、馬が下を通りかかるのに合わせ飛び下りる。

「っ……！」

悲鳴を呑み込み、目を離してはいけないと自分に言い聞かせ、ただ見守る。

裸馬を見事に捕らえたヴィンセントは、体勢を整え、千切れそうな手綱を操る。

何度も振り落とされそうになりながら、それでもしぶとく馬をなだめ続け、混乱する騎手や馬丁らに命令を下す。

人を従わせることに慣れた、威厳と迫力に満ちた声は、軍人公爵の名にふさわしいもので、我を失い逃げ惑っていた者たちが、徐々に理性を取り戻していく。

護衛に付いてきたガスタラ近衛兵たちも、次々に馬場へ下り、暴れ馬から観客を守ろうと的確に動きだす。

投網が用意され、走り逃げる馬に投げられる。

暴れていた馬は、網に捕らわれ、次々に脚を取られては地面に倒れだす。

騒ぎの中、出口に向かって逃げるではなく、アンナに近づいてくる貴族風の男たちが居た。

奇妙に統率された足並みで周到にアンナとの距離を縮め、囲んでいくが、夫の奮闘ぶりに心を奪われ、無事を祈っていたアンナは気づけない。

目配せし合った男たちがわざとアンナにぶつかる。

「あっ、ごめんなさい……！　大丈夫で、っ………！」

謝罪を口にしたと同時に、どん、と下腹部に衝撃を感じた。

痛みのあまり目の端から、涙が溢れた。

「なん……」

急激に目の前が暗くなる中、男たちの中でも一際派手な服と仮面を付けた男が、馬場からアンナを隠すように囲み、腕に抱えながら尋ねてきた。

アンナマリア・プリメステだな――？　と。

闇の中、途切れ途切れに声が聞こえる。

忌々しい娘。念入りに薬を嗅がせて。姫が顔を確認するまでは手出し無用。

しばらく時間を置いて、こちらは？　と、男の声がし、馬市で募った寄付の品です。と答える女の声がした。

修道院で仕分け、貧しい人に恵むのだとか、そういう会話が聞こえる。

やがて、がたごと車輪が回る音で馬車に乗せられたのだと気づく。が、すぐに腹の痛みに耐えかね、気を遠くしてしまう。

再び意識を取り戻した時は、自分が誰で、なにをしていたのかも思い出せなかった。

大きく馬車が揺れる音がして、身体に振動が伝わりはっとする。

もがくように腕を動かそうにも、両手首は胸の前でくくられており、足首も同じ有様だ。

あちこちの関節を折り曲げたまま、小さな箱に入っていると、手足に伝わる感触で気づく。

（箱に詰められて、運ばれている……？　どこに？）

わずかな光を頼りに首を動かすと、横飾りに紛れる形で穴があいており……それは馬具などを入れて運ぶ長櫃の、空気穴だと理解する。

周囲の音に耳を澄ませるも、馬市の雑踏や、大道芸人の声は聞こえない。

無論、混乱する競馬場の悲鳴などもない。

察するに、荷馬車と、それに従う馬が数頭といったところだ。

時折聞こえる山鳥の声で、馬市から、かなり離れてしまったのだと気づかされる。

これでは、口に噛まされている布を頑張って解いて声を上げても、助けなど来ない。

溜息をこぼすと、口の端の布が濡れ嫌な感触がする。

大変なことになった。

（あんな騒ぎがあったのに、攫《さら》われてしまうだなんて）

馬たちは危険なほど暴れていた。誰も彼もが逃げようと必死だった。なのに……。

そこまで考え、はっとする。

逆だ。騒ぎに乗じて誘拐し、それが公妃だなんてできすぎている。

馬を暴れさせ、その騒ぎに乗じたのではないか。だとすると、ずいぶん用意周到に進めてきたに違いない。

どうして自分がという謎はすぐに解けた。顔を隠していたが、ヴィンセントの外見は仮面を付けていても、とても目立つ。その横に仲睦《むつ》まじそうに居れば、妻だと思うだろう。

それにアンナ――ガスタラ公妃を誘拐するには、公爵の城へ入るしかない。

だが、軍を他国に貸す、いわゆる傭兵業を主としてきたガスタラ公城は、堅牢《けんろう》かつ、守備する兵の訓練も行き届いている。

だとすれば外、しかも衛兵が守れないような状況を狙うのが最適だ。

事実、馬市では、ヴィンセントとアンナたっての希望で、護衛は少し離れたところから従っていた。

馬が暴れだし、ヴィンセントが収束に手を加えだすと、護衛たちも公爵に続けとばかりに馬場へ下りた。

もちろん、二人か三人はその場に残っただろうが、押し寄せる人の中、距離を置いて小柄なアンナを護衛するのは難しい。

結果、男たちにより視界をはばまれ、人混みに紛れる形で攫われてしまったのだろう。

（でも、一体なんの目的で？）

ガスタラ公妃を誘拐して、無事で済むはずがない。

領土は小さいが、軍の強さも経済力も周辺諸国より頭一つ抜けている。その国を代表する公妃を攫うだなんて。

考え、はっと息を詰める。

(男たちは私のことを、アンナマリア・プリメステと呼んだ)

だとすると、公妃ではなくアンナを狙ったことになる。そして、アンナが公妃の身代わりだと知っているのは、ガスタラ公城の者たち、そして——。

(アンネッタ姫殿下が、誰かに命じて私を攫った?)

ますます訳がわからない。だが、相手がまともでないのははっきりとわかる。

ヴィンセントと結婚したことを耳にし、気を害したのであれば、アンナ自身に接触を持てばいい。元より主と侍女の関係。拒む権利などない。

だが、誘拐し、手足を縛り、物のように箱に詰められている今、相手に話す気があるのかどうか。

状況があまりにも非現実過ぎて、上手く頭が働かない。最悪の未来ばかりが頭をよぎる。

「死にたくない」

小さくつぶやく。途端に、心細さが増してしまい後悔する。

瞳が熱くなり、胸元を照らす小さな光がにじみぼやけていく。

見えなくなる視界の中、赤味を帯びた鳶色の髪と、深紅の目を持つ男の幻が見えた。

「ヴィンセント様に、会いたい……」

好きだと告げられた。そして好きだと告げた。

言葉だけでなく、仕草や態度で伝えてくれた。優しくしてくれた初めての人。

たとえ誰かの身代わりでも、彼の慰めになれるのなら、もうそれだけでいい。

一番になれなくていい、愛されなくてもいい。ただ、彼の側に居たい。

ヴィンセントが誰と結婚しても、心が亡くなった婚約者とやらにあっても、それでもいい。

いらない、と言われるまで側に居たい。

(側に居ると、うなずいた)

愛しているとは言ってくれなかったけれど、それに近い言葉でアンナを必要としてくれた。

なら充分じゃないかと、この瞬間に悟る。

愛した分だけ、愛してほしいと願う気持ちはある。人なのだから、報われたいと願うのは当然だ。

だが、愛が報われないから逃げるのも、相手を恨むのも、アンナにはできそうにない。

だったら、ひたむきに好きでいるしかないではないか。愚かでもつたなくても、ただ、好きでい続ける。そういう愛の形を貫いていい。側に居られるだけでも充分だ。

(死にたくない。ヴィンセント様から離れたくない。彼が別れを望む時まで)

痺れる指を動かし、服の上から胸元に触れる。

するとヴィンセントに貰った香水瓶が、アンナの肌でほのかに温かくなっていた。

栓が少し緩んで溢れたのか、身をよじると、たちまち桃の甘く優しい香りが広がる。

奥歯を噛みしめ、震えないよう肩を狭め、目を閉じ、ただ香りだけに集中していると、徐々に気持ちが楽になってきた。

(死ねないわ。まだ、沢山の約束を残している)

荘園で収穫祭を祝おう。落ち着いたら外国へ旅に出よう。海を見よう。

愛する人の笑顔を思い出す。声や、少しだけ意地悪にからかう様子。腰を抱く腕や、身を寄せた時に目を細める様。

ヴィンセントの仕草や癖、記憶を思い出す。

そして、死への恐怖より、強い衝動が湧き起こる。会いたい。ヴィンセントに会いたい。

(なら、どうすれば生き残れるか、考えなければ駄目)

深呼吸をして、ゆっくりと理性を働かす。死より、生きることに頭を使ったほうがいい。

ともかく状況をもっと知らなければ。そう考えながら、感覚を研ぎ澄ます。

縛られた手足は痺れ、曲がったままの関節は強ばっていたけれど、感覚はある。

(箱に入れられて、二日は経ってない。お腹がまだ痛いから……一日ぐらい?)

空気取りの穴は目の前ではなく、胸と喉の間にあり、そこから景色は望めない。

だが、道の悪さや静けさ、時々暗くなることと、山鳥の声から、街道沿いの森だとわかる。

それが正しいと裏付けるように、馬車が止まり、なにか話し声が聞こえる。

「頼みますよ、旦那。土産に一つ。最高の白ですぜ」

媚びる老人の声に、複数の犬の鳴き声が重なる。

「そういう旅じゃねえんだよ。こっちは」

「いいトリュフですぜ。石粒なんてこれっぽっちも詰めちゃいねえ」

「しつこいぞ」

騎馬を操る男たちが言い、威嚇に鞭《むち》を鳴らす音が聞こえた。

老人がひっ……と声を引きつらせ、その隙を狙ったように馬車が動きだす。

道端に除《よ》けたのだろうか。老人の姿は見えなかったが、空気穴から、掘り出したばかりの土の香りがした。

犬の鳴き声と会話から察するに、トリュフ掘りの老人だろう。

トリュフはフェラーナ王国とガスタラ公国の境にある楢《なら》や樫《かし》の森でよく採れる。

最高級の白ともなれば、北。――かつてアンナが居た修道院に近い。

予想通りの場所であれば、多少の土地勘はある。けれど箱から出られそうにもない。

（駄目ね、行く場所がわかったって……伝える方法が）

諦めかけた時、トリュフ掘りの連れていた犬が一斉に吠え、目をみはる。

（伝える方法は、あるかもしれない）

人の捜索には、トリュフ同様、犬を使う。

特にヴィンセントの城には狩猟用から軍用まで、様々な犬が居た。

また、戦場では行方不明者の捜索にも犬を使うとも話していた。

血なまぐさい戦場で人を探せる犬ならば、アンナを探すことも可能ではないだろうか。

(だとしたら……、匂いを残せば追える?)

手首を擦り合わせる。少し痛いが、縛っている縄を緩められそうだ。

時間をかけて手首を交互に捻り、指が動かせるようになると、今度は胸元に入っている香水瓶を出す。

瓶を落とさないように気をつけながら、ドレスを飾るレースの端を歯で裂いていく。

破れたレースを摘まみ、震える指で瓶の口に当て、桃の香油をにじませる。

香りを移した布は、空気孔から風に乗せて外へ放った。

気づいて、助けに来てもらえる可能性は低い。

けれど手がかりを残す努力をしている間は、殺されるであろう未来を忘れていられた。


次に目を覚ますと、アンナは寝台の上に横たえられていた。

背中に寝具の柔らかさを感じながら、そろそろと息を吸う。

手足が水を吸った泥のように重く、頭の奥はまだ眠っているようにぼうっとする。

身を起こそうともがいても、わずかにシーツにしわを寄せるしかできない。

少ししか持ち上げられないまぶたで周囲を探ると、まつげで陰った合間から、客室のような調度が見える。

寝台には天蓋はなく、その分、部屋の様子が見てとれた。

質素な壁紙、飾りのない暖炉。部屋は清潔で家具に不足はないが、花一つ飾られていない。

部屋の隅に臭い消しとなるレモンの鉢と、宗教画が一枚かけてあるだけ。

ガスタラ公城でもない、かといって貴族の家やあばらやでもない。ここは。

（……修道院の、客室だわ）

この地に限らず、大陸の西方諸国――つまり、聖教会の宗教支配圏では、修道院や教会は、巡礼のための宿や保養地を兼ねていた。

貿易都市や四大国家など、極めて大きな都市には旅人専門の宿があるが、大概は、街道沿いにある教会を使うか、あるいは知人の家を渡り歩くこととなる。

国境付近の山村であればなおのこと、身分の上下を問わず、修道院が宿と病院を兼ねる。

もちろん民と貴族の部屋は違うが。

アンナが寝かされているここは、貴族に割り当てられる部屋のようだ。

病を患い、療養を兼ねて母が間借りしていた部屋も、こんな雰囲気だった。

側にある窓から半月が見えることから、建物の南端にあること、夜中に近いことがわかる。

耳を澄ましていると、開けっぱなしの窓から虫の鳴く声や木立がざわめく音が聞こえた。

それに混じって、途切れ途切れに男女の声がする。

意識すると、どうやら、寝室と繋がっている居間からのもののようだ。

「まったく、腹立たしいわ。……身寄りもない伯爵令嬢風情が、ガスタラ公妃になるなんて」

鼓膜に刺さる甲高い声に目を大きくする。間違いない。アンネッタ姫だ。

(やはり、姫が手を引いて？　でも、どうして)

アンナは公妃として扱われている。身代わりでも攫われたとなれば、公国の面子をかけて捜索される。当然、罰を受けることにもなるだろう。

一国の姫ともあろう者が、そんな危険を冒《おか》す意味がわからない。そう言い切ろうとして、想像の中だけで頭を振る。いや、アンネッタ姫ならやりかねない。

ともかく衝動と感情に生きる人だ。国王である弟のマウロ陛下だって、アンネッタ姫の癇癪《かんしゃく》を恐れていた。

幼い頃からわがままに育てられ、我慢というものを学ばず育ったためか、思い通りにならないと、叫ぶ、引っ掻くは当たり前。自分より下だと思う者には、手当たり次第に物を投げさえする。

アンナが財務侍女をしていた折も、お金がないことを相談しかけただけで、飲んでいたお茶のカップを投げつけられた。そんなことなど、両手で数え切れないほどある。

(だけれど、これは……、どう始末をつけるおつもりなのか)

頭を抱えたい気持ちを抑え、じっと事の成り行きをうかがっていると、アンネッタ姫がやや落ち着いた声で男を責める。

「貴方が悪いのよ、カラファ地方伯。……ガスタラ公爵が野蛮な男だなとど言うから、あたくし、誤解して」

「それは失礼を。ああ、そういう風に顔をしかめないでください。お美しい顔が台無しだ」

男は媚び、へりくだった言い方をしているが、どこか相手を小馬鹿にしたような声である。

（カラファ地方伯は、こんな話し方をする人だったかしら）

そもそもの原因である男と出会った日を思い出す。アンネッタを出迎えた若き地方伯は、顔立ちこそ整っていたが、仕草や言葉遣いのいちいちが卑屈だった。

そして、芝居がかった調子で、ヴィンセントの噂を語りだした。

野蛮だとか、血まみれの髭男だとか、おおよそ、アンネッタ姫が嫌いそうなことを。

それが引き金で、アンネッタ姫は結婚から逃亡し、アンナが身代わり花嫁になったのだ。

忘れるはずはないのだが、こんな話し方をする人だっただろうか。

可哀想《かわいそう》にとか、お美しいのに野蛮な男と、などと言っていた時と、今ではなにかが違う。

「機嫌を直されてください。私は耳にした噂をお伝えしただけです。騙す意図はございません。その証拠に、修道院に籠もられた姫殿下を見舞い、外に出たいという望みを叶《かな》えるため、危険な橋を渡ったのですよ？　今回のこととて」

「そこにお前の働きがあったのは認めます。でも……。アンナ風情があたくしに用意された公妃の座に居て、しかも、あのドレス……！　どうねだったのかわからないけれど、あんなに見事なものを、誰の断りもなく！」

怒鳴られ、萎縮していた毎日を思い出し、つい、身をすくめたくなる。

同時に、腹立たしくもなる。

公妃の座を用意されておきながら、逃げたのはアンネッタ姫ではないか。アンナが何度も、国同士の問題になる前に出てきて、せめて公爵と顔を合わせてほしい。と懇願しても無視していたのに。

「あの貧相な身体でどうやってガスタラ公をたぶらかしたのか！　本当に、腹立たしい子ッ」

がちゃん、と陶器が割れる音がした。おそらく、ゴブレットか花瓶を投げたのだろう。

「落ち着かれてください。変に騒いで、あの侍女が目を覚まし逃げては困ります」

「カラファ地方伯まで！」

「私はアンネッタ姫に愛を捧げておりますから。ここまでして疑われるとは辛い。……この上、嫌われるぐらいなら、手を引くしか」

「待って、待って……！　疑って悪かったわ。でも」

「気持ちはわかります。アンネッタ姫殿下より劣るくせに、不当に公妃の座を奪った娘。いかがわしい手段を用いたのは明白。ですが、気をつかわれる必要はありません」

機嫌など損ねていない風なカラファ地方伯の声に、薄ら寒さを覚える。

（この人は、アンネッタ姫のいいなりになっているようで……上手く、操っている？）

カラファ地方伯が手を引くと言った時のアンネッタ姫のうろたえようは、普通ではない。

それに加え、会話を追って考えると、アンネッタ姫がここに居るのも、アンナが拉致されたのも、すべてカラファ地方伯の手引きのようだ。

フェラーナ王国の辺境を統治する貴族が、どうしてこんな大がかりなことをするのだろう。

「仲睦まじいって噂を聞いたわ。それに……！　公爵家の荘園で二人を見た時もッ！」

「ガスタラ公爵は、貴女が来てくれなかったことに拗ねて、嫉妬させようとしているだけです。美しさも地位も姫より劣る小娘を、大事にする理由なんて、他にないでしょう？」

疑問を胸に転がしていると、カラファ地方伯が衝撃的な一言を放つ。

「心を悩ませる必要はありません。正しい公妃としてガスタラ公城に行けばいいのです。なあに、あのヴィンセントも、姫の美しさを見れば、偽物だった女のことなど忘れるでしょう」

そう言われ、ほとんど無意識に唇を噛んでいた。

そうかもしれない、と胸の中に疑惑の毒が落とされる。

元々、アンナなど、アンネッタ姫の身代わり。本物が現れれば、あえて偽物を探す必要もない。

どくどくと、心臓が嫌な風に波打った。

アンネッタ姫が花嫁として戻ってくれば、身代わりであるアンナは用済みだ。

そんなことはわかっていた、だが、こうして他人から聞かされると、ヴィンセントは助けに来ないかもしれないと、悲観的になってしまう。

胸が痛み、涙が目尻を伝う。喉を押さえるより早く嗚咽《おえつ》が溢れだす。

「ッ……ふ」

駄目だ。声を聞かれては、目覚めたと気づかれる。わかっているのに唇がわななく。

どうしていいのかわからず、身をよじり伏せると、胸元に入れていた香水瓶が転がり落ちた。

「あ……」

もうとっくに空っぽになっているのに、瓶からは桃の香りがした。

同時に、馬車の中で触れてきたヴィンセントの温もりが、肌によみがえる。

(好きだと言った。側に居ろと)

身を起こし、瓶を手に取ると、中途半端にはまっていた蓋がころりと手のひらに落ちる。

水晶を真似《まね》た硝子の蓋は尖っており、握りしめると、少し肌が傷む。

その痛みと香りにすがり、ゆっくりと起き上がる。

(一人で、考えたって、しょうがない)

尋ねることも、表情を見ることもできないのに、ヴィンセントの心を探って嘆いても、意味がない。それに。

「ヴィンセント様を、好きな気持ちは変わらない」

もし、彼がアンナを利用したとしても、アンナが彼を好きになったことに関係はない。

悲しいけれど、傷ついてしまうけれど、彼への気持ちまで否定したくない。

（逃げよう。……ここで殺されてしまったら、終わりだもの）

会話が終わって出て行ったのか、隣からは話し声はもちろん、人の気配も消えていた。

アンナは、香水瓶の蓋を握りしめ、寝台から離れる。

辺りを見渡すまでもなく、側にある窓枠が目に入るが早いか開け放った。

飛び降りるには高さがあるが、迷っていられない。居間から出て、誘拐犯と鉢合わせれば、女で、ドレスに足を取られる分、アンナが不利だ。

ベッドのシーツを剥ぎ、香水瓶の蓋を使って二つに裂く。それをカーテンに結びつけ、それでも足りなくて、ドレス裾の部分を外して繋ぐ。

できた布綱を外へ垂らすと、一階の半分ぐらいの長さになっていた。

これなら、なんとか降りることができそうだ。

深呼吸して垂らした布に手をかける。

少しでも軽くしようとドレスの表面部分は脱いでいたが、アンナ一人が伝い降りるまで、布がもってくれるかどうか。

不安はつきないが、迷ってはいられない。ヴィンセントに会いたい。信じたい。そして伝えたい。

——愛していますと。

なにもいらない。ただ知ってほしい。愛しています。側に居られる限り居る。そう伝えたい。

緊張に強ばる指を動かし降りていく。風に身体が揺られると、布がきしむ音がした。

地面が近づき、後少しで地面に飛び降りられる高さになる。

慎重に降りた時、窓の方から、娘が逃げた、と騒ぐ声が聞こえた。

顔を上げた瞬間、嫌な音がしてカーテンが破れだす。

「きゃあああああっ！」

悲鳴を上げる。途端に、身体が宙に投げ出され落下する。

衝撃に息が止まる。痛みは遅れてやってきた。

背中と腰が痛い。落ちたのは一階の半ばほどからだったが、体勢が崩れていたため身体のあちこちを地面にぶつけている。捻ったのか足首も痛い。

早く、逃げなくては。そんな風に気は焦るけれど、一向に起き上がれない。

踏ん張ろうと壁伝いに立つと、猛烈な痛みが足首から頭まで突き抜けた。

「っ……痛っ、ぅ」

その場に崩れ落ち、ずきずきと痛み脈打つ足首に手を当てた。

突然、幾つもの明かりが側に集い、そこだけ、昼間のように明るく照らされる。

肩越しに振り返ると、ランプを手にした傭兵らしき男らが迫っていた。

「あ……」

傭兵と言っても、ガスタラのように国家により統率されている兵ではない。金さえ稼げるなら、盗賊に早変わりするようなならず者たちだ。

男らに囲まれたアンナは、可能性はないとわかりながらも逃げ道を探す。

まぶしさに目をまばたき、涙を落としながら開いた瞳に映るのは、にやにやと気色悪い笑みを浮かべるカラファ地方伯だった。

「……手間ばかり掛けさせて。小娘が」

吐き捨て、アンナの腕をねじ上げるようにして引き立たせる。

くじいた足首が酷く痛み、顔をしかめたが、カラファ地方伯は同情すらしない。

「どうし、て……、貴方がこんなことを」

「愛するアンネッタ姫のために決まっている」

く、と唇の端を上げる。小馬鹿にした表情は、とても愛に殉じる男のものではない。

「嘘、ばかり。……愛していると騙して、アンネッタ姫殿下を操って、いる、癖に」

おや、という風にカラファ地方伯は表情を崩した。

「これはこれは。偽公妃様は、頭が空っぽの姫より、よほど賢い。いいだろう。来い！」

言うと、兵士たちに続くよう命じ、アンナを引きずりだす。

歩いていくうちに、自分が見覚えのある場所に居ると気づく。

いや、見覚えがあるなんてものじゃない。ここは母と暮らしていた修道院だ。

陽の光がなくても、建物の影や、古びた煉瓦《れんが》――なにより、遠くに見える聖堂の特徴のある形の屋根と鐘楼でわかる。

捻った足首が熱を持ち痛む。なのに歩くのを止められない。

湿った土の匂いが強くなり、開けた場所に十字架が幾つも立つのが目に突く。

墓場だ。わかった途端、勢いを付けて身体を地面に投げ捨てられた。

「あうっ……！」

よろめき、倒れ、墓石の一つに背を打ち付ける。

「見ろ！」

カラファ地方伯は手にしていたランプで、アンナが寄りかかる墓石を照らす。

痛みで、喘ぐのも精一杯なのに、彼は血走った目でアンナの髪を掴み、無理に墓石と向き合わせた。

何年も雨風にさらされたのだろう墓石には、苔《こけ》や汚れがこびりついていた。

間近にある碑文に目をやり、刻まれている単語を理解し、呼吸を止める。

――アンナマリア・プリメステ。享年《きょうねん》十四歳。ここに眠る。

「これ、は……どう、いう」

「見てわからないのか。お前の墓だ。……四年前、お前の母親が死んだ時、当時のフェラーナ王が作らせた」

優男の演技をかなぐり捨て、カラファ地方伯が吐き捨てる。

「どう、し……て、そんなこと、を、前の王は」

身体が凍り付いたように冷たくなり、奥歯がかたかたと鳴る。知ってはいけない、だが、知らなければならない秘密の匂いにあてられる。

自分の墓に手を置き、倒れそうになる身体を支える。

「王が、そんなことをした、意味は」

「決まっている。息子のマウロを確実に玉座につけるため。お前が、もっとも邪魔な王位継承者だったからだ。アンナマリア・プリメステ」

「私が、王位継承者……？」

嘘だ、夢だ。自分は身寄りのない伯爵令嬢。継ぐべき財産もなにもない、名ばかりの貴族。

ずっとそう思っていた。なのに、違う、と？

「まあ、あの姫は、そんなこと信じないって喚いていたし、暗愚なマウロ王も知らない様子だが」

歪んだ感情を微笑みにして、カラファ地方伯は語りだす。

王太子が黒死病となり離宮で一家全滅した際、唯一、病魔を逃れ生き残った赤子が居た。

それがアンナの父だ。

穏やかに暮らしていた父だが、王に血の秘密を見破られ、事故を装い殺され、次に後見人の祖父や、その血縁者が冤罪《えんざい》で獄死させられた。

赤子だったアンナと母サビーネは、身分を隠し、財産を始末することで逃げ切れたが、ずっと水面下で探されており、八年前に見つけ出されたこと。

カラファ地方伯は、それらを、暗記している童話でも語る風に、楽しげに口にする。

「つまり、君はこの地上に生きる誰より、フェラーナ王家の血が濃いことになる」

「だとしても、死んだことにする理由がわからないわ……。王座の障害になることを恐れているのなら、本当に殺すほうが楽なはずよ」

泣き喚いて現実逃避したいのをこらえ、相手に矛盾をつきつける。

「君が男ならそうしたさ。だが君は女だ。王宮に引き取り、息子マウロの子を産ませ、孫に正統な血を与えることができる。殺すには勿体ない。前王がそう考えた。だから、目の届くフェラーナ王宮に留め、変な虫がつかないように裏方の仕事をさせた。……まさか一年後に息子のマウロに玉座を譲るなんて、前王は思わなかっただろうけどね」

腕を組み、つまらなさげに土を爪先で蹴り、カラファ地方伯は目を細めた。

「まあ、そんな事情から前王は君を死んだことにした。婚約者であるガスタラ公爵ヴィンセント・トレッリを騙し、君をフェラーナ王宮に閉じ込めるためにね」

「え……」

「母親が死んだ後、絶望して湖へ身投げした。そう言って、適当に溺死させた娘の遺体を詰めた墓を見せたら、面白いほどすぐ信じたよ」

ごくりと唾を呑み、息を凝らしてカラファ地方伯をにらむ。

適当に溺死させた娘の遺体、など簡単に言う口ぶりや、目の冷たさから、殺人をなんとも思っていないのがわかる。

それでも、まだ、聞くべき事がある。

「どうして、貴方がそんなことを知っているのですか」

「簡単さ。君を王宮へ連れて行ったのは僕の父。そして、君が死んだように見せかけ、ガスタラ公爵を欺く工作を考え、実行したのが僕だからさ」

「お母様も、殺したの」

病弱ではあったが、命が危ないほど重篤ではなかった。しかし、四年前、風邪をこじらせた母は、あっけなく死んだのだ。

そうだとしたら許せない。玉座を守るためだけに父や祖父だけでなく、母まで奪ったなんて。

「さあ……どうだったかな。僕が言えることは一つ。カラファ家はそういった仕事をする一族だったこと。付け加えるなら、王の邪魔者を片付けたのに、地方へ追いやられるほど冷遇された家でもあるということかな」

カラファ地方伯が虚《うつ》ろな蒼い目を見せた時、アンナは全貌を悟る。

「つまり、これは復讐《ふくしゅう》という訳ですね」

「本当に、腹立たしいほど賢いな。……そうだよ。現フェラーナ王の血筋など滅びてしまえばいい。だからアンネッタ姫を、結婚から逃げ出すようそそのかした。外交問題どころか、戦争になるのは目に見えていたからね。なのに死んだはずの姫君が戦争を止めてしまうのだもの」

ぐい、ともう一度アンナの髪を引っ張り、カラファ地方伯は笑う。

「まあ、色々と手間はかかったけれど、なんとか望み通りになりそうだ。……お馬鹿で可愛いアンネッタが、のこのこガスタラ公城へ行き、君が殺されたとでも口を滑らせれば、ガスタラ公爵ヴィンセントは絶対にフェラーナ王国を許さない。今度こそ、戦争だ」

「戦争になれば、同じフェラーナ王国の貴族である貴方だって……」

「残念ながら、僕が新生フェラーナ王国の玉座に就く。それを支援する貴族や他国の王が居る。戦火から避難する手はずなんて、とっくに整えているよ。その前に」

髪から手を放し、ふらついたアンナの喉を鷲掴みにしてカラファ地方伯が尋ねる。

「失われた王太子の血筋に成り代わらなければね。……さあ、王太子の印章指輪はどこにある？　お前に託されているはずだ」

「し、ら……ない」

気道を圧迫され、苦しくなる息の合間に答える。

王命で後ろめたい仕事を担っていた過去を示すように、カラファ地方伯の手は、呼吸ができるぎりぎりの力でアンナの喉を絞めていた。

「そうか。お前は自分の血の秘密も知らなかったな。じゃあ尋ね方を変えようか。母親か父親から託された形見はあるか」

反射的に手首を見る。母の形見である七宝のネックレスは、フリルを重ねた姫袖の袋部分に入れ、糸で縫い隠していた。

アンナの視線を追っていたカラファ地方伯は、素早くそれを見抜き、袖ごとネックレスを奪う。

「いやっ！」

びいっと服が破れる嫌な音がし、肩から腕の先が剥き出しになる。

夫でもない者に肌をさらしたことに、嫌悪混じりの羞恥が込み上げる。

吐き気をこらえカラファ地方伯から袖を奪い返そうとするも、あっけなく突き飛ばされる。

墓場特有の苔と湿った土だらけの地面に崩れたアンナの目の前で、カラファ地方伯がナイフでペンダントの台座をこじ開ける。

がち、という金属が欠ける音がし、七宝を施した半球部分が弾け落ちた。

そんな仕掛けがあるなど知らなかったアンナは、まばたきもできぬまま壊れた母の形見を眺める。

「馬鹿な！　ないだと！」

夜を震わせるほどの大声でカラファ地方伯が吠え、口泡を飛ばし、血走った目を向けてくる。

「貴様……どこに隠したっ！」

男の粗野な手が伸び、アンナの細首を掴み上げようとした時。

「アンナ！」

狼《おおかみ》じみた男の吠え声が、名を呼んでくれた。

「ここです！　ヴィンセント様ッ……！」

叫び、足の痛みも忘れ、兵士に飛びかかり、手にしていた松明《たいまつ》ごと腕を振り回す。

すると、空を切る音と共に火矢が放たれる。

一つ、また一つと流星のように飛来した矢は、アンナたちを囲むように地面に刺さり、矢にくくりつけられていた油入りの木筒ごと燃え上がる。

一瞬にして、昼間のような明るさで周囲が照らされる。

光に目が眩《くら》んだアンナが顔を反らしたのと同時に、火矢より鋭い風の音がし、カラファ地方伯の肩に矢が刺さる。

それはすぐ、二本、三本と増えていき、周囲に居た傭兵たちまでもが射られだす。

怒濤《どとう》のような悲鳴と、剣を鳴らす音に震え、身を小さくしていると、力強い足音が聞こえた。

「アンナ！」

叫ばれ、精一杯に手を伸ばす。

いつだって穏やかで、自分を見守ってくれていた夫の顔が、泣きだしそうにくしゃりと歪む。

痛いほど抱きしめられ、頬に夜露でない雫《しずく》が降りかかり、ようやく、自分が生きていると実感した。

信じてよかった、来てくれたと心が震え、涙が溢れる。

「助けに、来て、くれたのですね……、ヴィンセント、様」

「当たり前だ……！　自分の妻を助けない夫があるか！」

疑われたことが心外だと言わんばかりの声で吠えられ、怖いと思うべきなのに、胸の中は歓喜で湧き上がっていた。

愛する者の顔を見て安心したせいか、緊張で忘れていた打ち身やら捻挫やらの痛みが、一斉に襲いかかる。

アンナは夫の腕に身を任せ、安堵のままに意識を手放した。

第五章　軍人公爵は新妻をとろ甘に愛し過ぎる

薔薇が咲き乱れ、噴水のきらめきも美しい中庭のあずまやでアンナは客人を迎える準備していた。

場所はガスタラ公爵家の夏離宮。アンナが幼少期を過ごした修道院から、馬で三時間ほどだろうか。

後背にアペニ山脈の雪を抱く頂を望み、手前に透明度の高い湖がある。風光明媚《ふうこうめいび》な土地だ。

アンナが誘拐された事件から半月が経った。

ヴィンセントはカラファ地方伯ジャンニを捕らえ、ガスタラ公城の地下牢へ収監した。

公妃を誘拐したことが罪状だが、取り調べの中で、フェラーナ王国およびガスタラ公国への反逆罪も追加したと言う。判決は斬首刑。

当然だろう。

アンネッタ姫の結婚を妨害し、ガスタラ公国を怒らせ、両国に戦争をもたらそうとしたのだから。

尽くしていたのに、用済みとなった瞬間、口封じするように辺境へ追いやられ、王家に恨みを募らせた気持ちはわかる。

けれど、戦争で今の王を潰し、玉座を奪うのはやりすぎではないだろうか。

アンナも侍女として冷遇されていたが、アンネッタ姫を殺そうとは思わなかった。だからカラファ地方伯の行動を支持できない。

ともかく、そうして戦争を起こそうとしたのに、蓋を開ければアンナとかいう娘が公妃に収まり、戦争となる気配もない。

調査するうちに、アンナがフェラーナの玉座にもっとも近い血を持つ娘だということを知る。

そこでカラファ地方伯は考えた。フェラーナ王マウロを失脚させても、アンナが居る。

しかも、アンナの夫は軍人公爵にしてガスタラ公国の君主。アンナを女王にし、両国を併呑《へいどん》しようと野心を抱かれてはたまらない。

そこで、アンネッタ姫を再び手駒することにした。

アンナを誘拐し、王太子の印章指輪を奪い、殺し、自分が成り代わる。

一方で、アンネッタ姫をガスタラ公城へ送り、公妃殺害の罪を被《かぶ》せ、両国に戦争をもたらす。

戦争の間は身を隠し、両国君主に対する不満を持つよう民を煽り、満を持して『王家の遺児』として登場し、自分が玉座に就く。

そういった計画だったらしい。

色々と粗《あら》はあるが、筋は悪くない、とはヴィンセントの言葉だ。

呆れたことに、カラファ地方伯はアンナの誘拐計画を立てた時から、王家の遺児を名乗り、王となった暁には、貴方の娘と……などと、あちこちの貴族や王を釣っていたらしい。

さて、カラファ地方伯の陰謀に踊らされ、いいように使われていたアンネッタ姫だが、こちらも無罪とはいかなかった。

姫は、アンナの誘拐騒ぎの時、兵が剣を交えるほどの騒ぎを起こしていたのに、その後まったく出てこず部屋で寝こけていた。

理由は簡単。用心深いカラファ地方伯は、姫が逃げ出さないよう、寝る前に飲む葡萄酒に眠り薬を入れていたから。

修道院や花嫁の旅路から逃げる時に使われたのと同じ薬を、自身も盛られていたのだ。

翌朝、拘束された状態で目覚めたアンネッタ姫は、それは大変な金切り声で悲鳴を上げ、三日泣き喚いた後は憔悴《しょうすい》し、今は、厳重に身柄を拘束され、貴人用の隔離塔に軟禁されている。

いずれ王宮か修道院かに身を移すことになるが、王宮へは戻れないだろうというのが、大方の見立てだ。

ヴィンセントが公妃誘拐の陰謀を公にした途端、フェラーナ王宮は大騒ぎとなり、今まで、王をちやほやしていた貴族は我先にと逃げ出した。

代わりに、借金を取り立てる商人や、不満を持った民が押し寄せ、国内は混乱状態という。

王のマウロは緊急の事態に対応できず、国土を与えるから助けてくれとヴィンセントに泣きついてくる有様で、今は話にならない模様。

ともかく、政治や外交的に片付けることは山積みだが、戦争や内乱は避けられそうだと、昨日届いた手紙にあった。

アンナは療養のため、すぐさま、育った修道院から近いこの離宮に移された。

幸い、怪我《けが》は捻挫と打ち身程度で大したことはなかったが、それでも、事件の衝撃で熱を出し、三日も寝込んでしまった。

ヴィンセントは可能な限り側に居てくれたが、君主としてやるべきことは多く、アンナが起き上がれるようになってすぐ、当のアンナと腹心のグイドに諭され、公城に戻り政務に励んだ。

——離れていても、見舞いの手紙と果物などが日に一度、多い時は五度も届けられたのだが。

「アンナ！　ああ、私の可愛い娘！」

考え事をしていたアンナの耳に、華やかな女性の声が響く。

母サビーネの従姉妹であり、ヴィンセントの母、元ガスタラ公妃のジュリアだ。

彼女は庭で馬を乗り捨てると、玉石が荒れるのにも構わず、こちらへ駆け寄ってきた。

「ジュリア様……、わっ！」

親友に再会した娘のように、勢いをつけて抱きつかれ、思わずよろめく。

すんでのところで踏みとどまって体勢を立て直すと、今度は顔にキスの雨が降ってくる。

「ああ、もう、やっと……！　やっと貴女とおしゃべりできるわ」

ジュリアははしゃいで小さく跳ねる。とても五十歳近くには見えない。

地方要塞を守護する辺境伯家に生まれ、自らも女騎士を名乗り剣を振るっていただけあって、ジュリアの力は強く、外見もアンナと姉妹に取られかねないほど若い。栗色の髪も相変わらず見事だ。

「体調はよくなった？　怪我は？　気が沈んだりしていない？」

「平気です。ですから、落ち着いて……」

「本当に、貴女は苦労ばかりして。……でももう大丈夫よ、悪ーい奴《やつ》らは、ぜーんぶ、右から左に並べて、首を刎《は》ねてしまったから」

子どもに言い聞かせるような明るい声と語りだが、一部、不穏な内容が混じっているのは気のせいだろうか。

昔から、お人形のように可愛い娘が欲しかった。アンナを嫁に貰いたい。ことあるごとにそう口にしていたが、望み叶った今、ともかく溺愛したいようだ。

八年前と変わらず、アンナを幼女のように扱い、甘やかしたがるジュリアをなだめ、席に着かせる。

すると彼女は大きく息を吸って、しみじみとつぶやいた。

「本当に、サビーネそっくりの美人になって。……ごめんなさいね、私たちが徹底的に調べてさえいれば、もっと早くガスタラへ迎えられたのに」

「謝らないでください」

母とアンナが暮らしていた修道院は、主にガスタラ公爵家の援助を受けていたが、当然、他の貴族や王からも寄付を受けていた。

そのため、アンナ母娘の存在を知った時のフェラーナ王が、密偵を使い金を握らせ、母サビーネが病死した際に、アンナをガスタラへ渡さないよう工作された。

当時、ガスタラは小規模な戦に巻き込まれており、対応が後手になったこと。暴いた墓に、痛んだ少女の亡骸が入っていたことから、作られたアンナの死を信じてしまったのだ。

責めることではない。

「それを言うなら、私も、ヴィンセント様の母上について、遠慮なんかせず、きちんと会いたいと口にするべきでした」

幼い頃は今以上に人見知りで、恥ずかしがり、うつむいていたため、ヴィンセント本人について覚えていなかったが、ジュリアは覚えている。会えば、すぐわかっただろう。

「アンナこそ謝らないで。本当に、馬鹿な息子が小細工をするから、ややこしいことになって」

涙の浮かんだ目端を拭い、ふん、と鼻を鳴らしつつ、果物の籠から葡萄を摘まむ。

「あの状況で、お前はフェラーナの玉座を継ぐ。なんて言える訳がないでしょう」

呆れながら声をかけてくるのは、夫のヴィンセントだ。

アンナが振り返ると、腕が伸びてきて腰から掬い上げるように、抱き立たされていた。

「ヴィンセントさ……っ……むぅ、ん」

離れていたのは十日ほどなのに、待ちきれないという風に唇を奪われる。

声を上げげた唇を割って舌が入り込み、息苦しくなるまで絡められる。

一人で立てないほど蕩かされ膝を崩すと、さらに腰をきつく寄せ、のし掛かるようにしてヴィンセントは口づけを堪能し尽くす。

目の前に彼の母であるジュリアが居ても、まるで気にしない。

「っ……はぁっ」

顔を真っ赤にして唇を解くと、心得た動きでヴィンセントはアンナの顔を差し挟み、そっと額を合わせてきた。

「やっと、迎えに来られた。なにもかも、片付いた」

「だっ、だからといって、いきなり接吻するなんて…………」

おろおろとしてしまう。自分たち二人だけなら我慢できたが、そうではない。

最悪なことに、ジュリアの側には、いつのまにかヴィンセントの腹心であるグイドも居る。

「本当に。うちの公爵様は、奥方のことだけ我慢できない」

あくびをしながらグイドが髪を掻き乱す。

なんだか、一人だけ恥ずかしがっているのが気まずくて、両手で顔を隠しうつむく。

「なんと言うか……ごめんなさい」

「アンナ様が謝られることじゃないでしょうよ。ああ、見せたかったですなあ。奥方が居ないと気づかれた時の、公爵閣下の取り乱しっぷり」

あごひげを撫でつつグイドが言えば、ヴィンセントは嫌そうに顔をしかめた。

競馬場の騒ぎもカラファ地方伯の手引きだった。

彼はアンナとヴィンセントを引き離すため、馬が発情する薬草を、競馬場となっていた広場のあちこちで焚いたそうだ。

馬たちを捕らえ終え、観客席に妻が居ないことを知ったヴィンセントは、手がつけられないほど怒り猛ったと言う。

「妻が奪われたんだぞ。権力、財力、人力のすべてを使っても、取り戻すに決まってる」

「限度というものがあるでしょう。……閣下が、誘拐犯たちになにをしたのか聞きましたか？」

唐突に話題を振られても、騒動から離れ静かに療養していたアンナが知るはずもない。

「手の指を折ったぐらいで大げさだ。あれぐらい、ガスタラ公国兵ならなんともないぞ」

「いやあ、手の指って、関節単位、十四回も片手の骨を折られたら、さすがに……拷問かと」

腕を組んで拗ねるヴィンセントに、グイドとジュリアが完全に呆れかえる。

「アンナの足の怪我は、もっと痛かったはずだ」

「捻挫なので……。そこまでは」

乾いた笑いが出てしまう。アンナの前では鷹揚で誠実な良き夫だが、君主としては別で、冷酷な部分もあるということだろう。

（軍人公爵と言われていた人だし）

カラファ地方伯がアンネッタ姫に聞かせた噂も、あながち間違いではないのでは、と思う。

顔を上げ、下から夫を見つめていると、相手は、ん？　と首をかしげとぼけてくる。

「この顔ですからね。……ご子息について、どうお考えですか。ジュリア様」

大理石のテーブルから、葡萄酒に果物を浮かべたサングリアを取り、勝手に飲みながらグイドが顔をしかめる。

「さあ。……まあ、初恋をこじらせた男がどうしようもないのは確かね」

一緒になってサングリアを飲み、息子夫婦を眺めていたジュリアは、大きく溜息をついて頭を振る。

「初恋をこじらせた、ではなく、初恋を実らせたに訂正してください」

生真面目ぶった顔で言うと、グイドが顔をしかめ、舌を出す。

「ほんっとうに、貴方という人は。その点では、常識からかけ離れ過ぎている」

心底うんざりした、という風な声で言われ、アンナまでもが恐縮してしまう。なにせ。

（……四年前に失われた婚約者が、私だったなんて）

身悶えしたいほどに恥ずかしい。自分で自分に嫉妬し、心を痛めていたなんてあまりにも馬鹿馬鹿し過ぎる。

第一、ヴィンセントもヴィンセントだ。

初対面の時は混乱させるので言えなかった。そして、下手に教えて、怖がらせたくもないし、戦の種になるという生まれを背負わせたくなかった、という理由は、ぎりぎり理解できるけれども、他に伝える機会はあったのではないか。

ヴィンセントと初恋の少年――ジェニオ・リコが、同一人物だったと知っていたら、アンナだって、身分違いでくよくよ悩まずにすんだかもしれない。

「アンネッタ姫殿下の身代わりだと思い込んでいたのは、私だけだったんですよね……。他はみなさんご存じで……うぅ……」

結婚式の辺りから、ヴィンセントの花嫁は、フェラーナ王国の伯爵令嬢、アンナマリア・プリメステだと周辺諸国に知られていたのも驚きだが、自分だけがなにも知らされなかったのも驚きだ。

「それは……。アンナに忘れられていて少しは拗ねたし、どうせ忘れられているなら、思い切って、一から恋してみたい気もあったと」

「思い切り過ぎですってば。……それなら初夜だって、待て、していてくださいよ。待て」

いよいよ適当にグイドが茶々を入れる。

「馬鹿馬鹿しい。……ああ。今夜は一晩中、アンナとおしゃべりして過ごすつもりだったけれど、ここは息子に譲るべきね。……指を折られたくないもの」

「ですなあ。邪魔者は去るべきですか。……さて、中庭から人払いもしなければ」

空っぽの杯を円卓に残し、グイドとジュリアは手を振りながら、あずまやを出て行く。

「あっ……あの、そんな……、も」

もてなす間もなく立ち去られる。これでは失礼だと追おうとしたが、腰に絡む腕が離れない。

「……ヴィンセント様。あの、いいのでしょうか」

「いいに決まっている。やっと、アンナを腕に抱く時間を作れたのだ。夫の私がなにより優先されるべきだ」

筋が通っているようでいて、理不尽な言いぶりに苦笑していると、ヴィンセントはアンナを抱え上げ、そのまま長椅子に座った。

「また、失ったらどうしようと。どう生きていけばいいのだろうかと、心が冷えた」

「大丈夫です。ヴィンセント様が助けてくれましたから。……いただいていた桃の香油のおかげで、足取りを残せました」

ヴィンセントが放った猟犬は、馬車などに残っていた桃の香りを元にアンナの足跡を追い、わずか一日でカラファ地方伯が潜む場所を探り当てた。

「ヴィンセント様がくれたもののおかげです」

「アンナが冷静に機転を利かせてくれたことのほうが、大きいが」

「ですが、どちらが欠けても、こうして貴方の膝の上に居られなかったと思います」

肩に手を置いて微笑むと、夫である男はアンナの胸に頭を伏せる。

「だから、お互い様です。そしてありがとうございます。こうして愛する人と居られて私は幸せです」

いつ死ぬかわからない。そういう体験をしたためか、前より素直に気持ちを伝えられる。

「お前から、玉座に継ぐ権利を奪おうとした男なのだが」

照れて赤くなりながらも、ヴィンセントは少しだけ傷ついた目をした。

ヴィンセントは、アンナが知らぬのであれば、王家の娘という事実を伝えぬまま、一生、秘密を隠し通そうと覚悟していたと言う。

「でも、私が傷つくとわかっていたからでしょう?」

フェラーナの玉座にもっとも近い血を持つこと、それは、戦争や陰謀に近いことも意味する。

重なる放蕩で揺らぐフェラーナ王国のものであればなおのこと、望むと望まざるとにかかわらず巻き込まれ、傷つく。

そうしてアンナが傷つき、悲しむのであれば、この手で秘密を握り潰してしまおうと思い詰めたそうだ。

「戦は嫌いです。今回、防げてよかったし、私の身を証《あか》すものが争いを呼ぶのであれば、それごと捨ててしまえばいい」

十日前、起き上がれるようになったアンナは、ヴィンセントからフェラーナ王太子の印章指輪を渡され——それを、彼の目の前で燃やし、灰にした。

腰を抱く力が、また少し強くなる。だけど、苦しいよりも嬉しさのほうが強い。

「この選択が正しいかどうかなんて、今わかることではないかと」

「アンナ」

震える男の唇に、初めて自分から唇を重ね、それから歌うように続けた。

「夫婦として子どもを一緒に育てて、子どもの子どもが生まれて、おじいちゃんとおばあちゃんになって、死ぬ直前になって……その時、初めて、私がフェラーナの玉座を捨てたことが、正しいか正しくないかわかるんじゃないでしょうか」

笑い、もう一度唇を重ねると、頭に手が伸びてきて、髪を掻き乱す。

「アンナ、お前は……本当に」

角度を変え、深さを変え、口づけを繰り返し、やっとヴィンセントが笑う。

「老衰するまで、ということは、一生……側に居ないと結果が見られないということだが」

「一生、側に居ないつもりですか？」

「まさか。……愛する女の側に居られるなら、一生どころか、生まれ変わった先でも望みたい」

ヴィンセントが銀髪に指を絡めたぐり寄せる。だが強引ではなく、熟れきった桃をもごうとするように慎重で、いたわりに満ちた手つきだった。

「それに子どもも必要だな」

「あっ……！」

顔を首筋に寄せられ、柔らかな皮膚に赤い証を残される。

吸われた場所から内部に熱が染みると、身体の芯が疼きだす。

身を震わせながら吐息を残せば、ヴィンセントは待ちかねたようにアンナの首から腰を手でなぞり、尻を指で包んで揉みしだく。

「んっ……」

「相変わらず柔らかい。どこも、かしこも、桃のように滑らかで……甘い香りがする」

唇を重ねる合間に囁き、一方で指をドレスの縁から乳房へと忍ばせる。

「やっ、こんな……ところで、なんて。誰かに見られたら」

次第に濃密さを増していく愛撫の中、はやる鼓動と疼く身体に煽られながら訴えた。なのに、ヴィンセントは胸をまさぐる指を止めようとはしない。

「誰にも見せる気はない。……が、部屋まで我慢できそうにない」

喜悦の予兆に張り詰めた胸が、男の指で掬い上げるようにして押し上げられた。

膨らみの半分以上が襟からせり出し、赤くしこりだした蕾がドレスの縁に現れると、ヴィンセントはこれ見よがしな淫靡さで口を開き、舌を伸ばす。

「……っ、う」

熱く硬い舌先が、胸の尖りを弾く。そのたびにうずうずとするものが下腹部にわだかまる。一呼吸ごとに肌が赤く染まり、靴の中で指がきゅうっと丸くなる。

人払いされているが、声まで防げる訳ではない。せり上がる感覚を呑み込みたくて、夫の首に絡ませた腕に力を入れる。

「ふ、うっ……んんっ！」

口に含まれた淫らな蕾の根元から先までを歯でしごかれる。そうしてぎりぎりのところを甘噛みしながら、舌で尖端を突かれるとたまらない。

「あっ……あん、も、駄目……それ、以上は」

「嫌だ。待てない。……今すぐアンナが欲しい。一生側に居るのだとこの手で確認したい」

語気を強めた声で言われる。

いつもより性急に施される愛撫や声の調子、なのに、乞い願う瞳が、本当に自分を欲しているのだと伝えてくる。

愛する男に求められている。切実に、もう一瞬だって離れられないと思い詰めるほど。

理解した瞬間、今までにないほど子宮が甘く震えだす。

背中から腰へと滑り降り、ヴィンセントの脚まで隠しているドレスの裾が、徐々にたぐり寄せられていく。

「……あ」

足首にすうっと冷たい外気が触れ息を詰める。次の瞬間、太股の付け根を熱い男の指でなぞられた。

「んんぅっ……ふ、あ」

不意打ちに背がしなった。

その弾みで片脚が落ち、男の逞しい太股をまたぐ、はしたない体勢となる。

あわてて閉じようとした脚が、男の手によりはばまれ、さらに大きく開かれた。

「きゃっ、嫌……！」

そのまま腰を引き寄せられ、膝を長椅子の座面に着く形で半立ちになる。

「このまま、ドレスを噛んでいるといい。声を抑えられる」

二人の腹の間でわだかまる布を差しだされ、声が出る前に咥えた。

口を塞ぐと、ヴィンセントの手はいっそ大胆にアンナの脚を掴み、開かせた。

「ふ、っ………、んん！」

敏感な部分が、下着越しに男の股間へ密着する。

下肢を包む布を通しても張り詰め、猛々しく勃ち上がっている牡は硬く、蜜を滴らせ始めた秘処をくじる。

喉を反らし上向いた顔に、ヴィンセントが唇を近づける。

力強く腰を押し上げると同時に、耳孔に舌をねじ込まれた。

ぬめる舌先が狭い穴で踊り、ぐちゅっ、ぶちゃっ、と卑猥な響きで濡れ音が鼓膜を震わす。

そうする一方で小刻みに腰を揺すられ、濡れた下着が秘裂に張り付いていく。

「んっ……ふう、あ……ああっ！」

身体を揺らし、渦巻くもどかしさを振り落とそうとするが、許してくれない。

腕の中の女が身悶える様を視姦しながら、屹立で丹念に花弁をなぞる。

ふとした弾みに、男の尖端と敏感な淫芽が擦れ合うとたまらない。

「くふぅっ……んんっ！　ぐっ！」

真昼の戸外という、非日常的かつ背徳的な状況だからか、身体のどこもかしこも、いつもより敏感で、身を震わせることすら大きな愉悦の波になる。

いつのまにか必死ですがりつき、胸を相手の顔に押し付けるようにしながら、アンナは声を耐えていたが、もう限界だった。

びくびくっと身体を震わせて、軽く達すると、口から濡れたドレスの裾を落とす。

「も……、焦らさない、で……。欲し、い」

目をとろりと潤ませ、唇の端を溢れた唾液で濡らしねだる。

もう布越しの感触だけでは物足りない。ちゃんと中まで暴いてほしい。

身体中を薄紅に火照らせ、熱い息を継げば、ヴィンセントは喉を鳴らし唾を呑み、目を細めながら淫蕩に誘う。

「なら、自分で入れてごらん」

手がドレスの裾に潜り込む。浮かした腰の下で布が波打ち、彼が前を緩めたのだと知る。

「ほら、こうして……両手で全部持つがいい」

ドレスの裾をかき集め、アンナの両手に握らせる。それから、濡れて用をなさなくなった下着を脇にずらす。

乾いた指先が淫らな花弁をほぐし拡げると、淫蜜がつうっと内部から滴り兆した牡を濡らす。

絹やレースの襞を越しに、肌をさらけ出した男女の下肢が見える。

互いの髪色より暗い茂み、汗ばんだ肌の滑らかな艶、充血し咲きほころぶ蜜口。

目を逸らしたいほど淫猥な光景なのに、どうしてか目を離せない。

光の下で見る屹立は、他の肌よりやや黒く、恐ろしいほどに反り返り、大きく膨れ張り詰めていた。

威容に息を詰め、唾を呑み込んでいると、ヴィンセントが楽しげに笑う。

「さあ。腰を落として、入れてみるがいい」

ぐっと腰を引き寄せ、アンナの秘裂を己の尖端で掻き回す。だが、深く突き刺さない。

ぬちゃ、くちゃっと蜜の粘着音を立てながら、かさばった部分が秘部を擦る。

「ふ……あ、や……」

滑らかな先は、少し力を入れれば逃げ、あらぬ部分を擦りなぶる。

両手で裾を持ったまま、力の入らない腰を揺らす。なのに、どうしても下ろす勇気が出ない。

男の膝の上でゆらゆらと淫らな踊りをしていても、焦れるだけだというのに。

「も……、や、……逃げ、る」

「こういうやり方は初めてだから加減がわからないか。なら、手伝ってやろう。ほら」

言うなり、アンナの腰を掴み下ろす。

葡萄を潰すような音がして、ずるりと男根の先が呑み込まれた。

「あ、あ……あああっ！　んあっ！」

愛する男を待ち望みひくついていた隘路は、淫らに蠕動しながら奥処へ引き込もうとする。

「放すぞ」

ヴィンセントが腰から手を放す。挿入の刺激を堪能していた身体は、咄嗟のことに反応できず、結果、自重で尻が落ちた。

「っ……あああああっ！」

ずぶぶっとあられもない音を立てながら、己の身体が肉槍を呑み込んでいく。

勢いよく襞を擦り上げながら、一息に奥処まで貫かれ、アンナはびくっと身体を痙攣させ、二度目の絶頂を迎える。

後はもうなし崩しだった。

自身の体重を得ているためか、それとも、お互い、二度と離れないと確信したからか。

おかしいほどに互いを求め合い、奥底まで繋がっていく。

ついには、尖端が子宮の入口に届くほどになり、こつこつと、内部を軽く穿たれただけで目眩がした。

「ふ……、あ、も……また、いくっ……！」

目をぎゅっと閉ざし、端から涙をこぼすが、ヴィンセントだってそんなに余裕はない。

腰の力が抜け、動けなくなったアンナの膣《ちつ》は、それでも貪欲に男から子種をすり上げようと、淫らにうねり、充溢した襞と蜜を使い舐めねぶる。

「ふ……、すごい、な。……我慢できそうにない」

呻くように囁くと、ヴィンセントはアンナの腰を沈むほど強く掴むと、がつがつと下から腰を打ち付けだした。

「あっ……あん、ンンぅっ……ふ、あ……ああっ！」

誰かに聞かれるとか、戸外だとか、そういうことはすぐに頭から振り落とされた。

心が求めるままに相手に腕を伸ばし、抱きつき、無我夢中で口づけをかわし、揺さぶられる。

抽挿を重ねるごとに切なさと喜悦が身体の中で膨らみ、手足の先までもが疼き焦れる。

「も、……いく。また……！」

アンナが泣き言をこぼすと同時に、男の腰の動きが一層激しくなる。

結合部を濡らす愛蜜が泡立つほどにかき混ぜられ、下から何度も子宮口をくじり刺激される。

声を出せぬほど感じきる頃、ぐっ、と男の喉が絞まり、最奥処へと男根をねじ込まれ動きが止まる。

「……ぁ」

内部に放出された白濁に身を震わせ、声を出すと、ヴィンセントは力一杯にアンナを抱きしめ、囁いた。

「愛している、アンナ」

「愛しています、ヴィンセント様」

繋がったまま唇を重ね、舌先で互いを舐め、あるいは絡め遊ぶ。

陽の差す中庭という場所に似つかわしくない乱れた吐息や、濡れ音は噴水の音に消されてしまう。

再び勢いを増した牡に驚き、アンナが小さな声を上げた時。

それを隠すように、夏鳥が高くさえずり、青い空へ飛び立った。

――ガスタラ公国の最初の公子が生まれたのは、それから十ヶ月後。

侍女だった娘が、公国の花嫁になったのと同じ日に上がった男児の産声は、国全体に歓びを運び、人々を笑顔にさせたと言う。

あとがき

こんにちは華藤りえです。

縁がありまして、ガブリエラ文庫様で小説を書かせていただくことになりました。

このような機会をいただけて、とても嬉しいです。

本作は、お姫様の侍女として、地味な財務作業に明け暮れていたヒロインが、なんの因果か、結婚式から逃げたお姫様の身代わりになり……というお話です。

ヒーローは軍を率いて傭兵業をしている公爵。しかも、一国の主です。

舞台は、当初はルネサンス時代の僭主政イタリアをモデルにしていたのですが、途中、担当様と打ち合わせし、こちらのほうがよろしかろう。とドレスや世界・人物設定の一部を近代化したものです。他にもいろいろあって、初期の設定から大きく変わったり、ギリギリまで書き直したりしましたが、こうして無事に本になって、ほっとしております。

よかったよかった。


ルネサンス時代といえば、文化や芸術などが大きく変革したので有名です。

ダヴィンチを始め、ミケランジェロやラファエロと、そんなに芸術が詳しくない方でも、知っている名前が次々に出ては、後世に残る名作を生んだ時代です。

（ちなみに友人は、ミケランジェロとラファエロと聞いて、エロエロしい。といいましたが、あながち間違いでもなく、肉感的な裸体の表現や、官能的な絵画が出てき始めたのも、この時代な模様）

思想については、ギリシャ神話とかローマの文化とかを模倣し、さらにブラッシュアップして、人間とは、個性とは、とかに走って行く中。

女性たちも、それまでの「刺繍や糸紡ぎ」といった家庭内の仕事にとどまらず、外へ出て、様々な役割を担いだしたようです。貴族のご令嬢は、やはり家や修道院で花嫁修業……なのですが、中産階級あたりは、宿屋の女将や理髪師、大工の棟梁、工芸職人など、男性と変わりなく働いていたようで、ちょっと驚きました。

ただ、悲しいかな、税金も男性と同じ金額が課せられていたようで……。

ともあれ、結構自由に外に出て働いていた模様です。

貴族の女性の中にも、カテリーナ・スフォルツァなど、男性顔負けの統治者（いろんな意味で、とてもすごい……）ぶりを発揮する人がいましたし。

資料を調べていく中で、なんやかんやで、男女の壁というのが薄かった時代かも？ と思いました。そして、華やかなに活動する女性たちの陰で、悪名高い魔女狩りも徐々に盛んになっていく……という図式も、いろいろ妄想できて面白かったです。

ティーンズラブ、というジャンルを書いていると、ヒロインはお姫様や令嬢となることが多いのですが、機会があれば、こういった、男性と対等に働く（バリキャリ？）お嬢さんの、ロマンスなども書いてみたいですね？


さて、なんとかページが埋まりました。

ここからはお礼です。

本作品のイラストはｙｏｓ様が引き受けてくださいました。

ちょっと控えめなアンナと、かっこいいヴィンセントを書いていただきありがとうございました！　表紙にタイトルが入り、どう華やかになるのか、今からとても楽しみです。

さらに、改稿で四割書き直すという荒技を、温かく受け止めていただいた担当様。

この色のほうが絵的に華やかです！　とアドバイスくださった装丁・デザイン関係の担当者様。

拙作の制作に携わったすべての方々にこの場を借りてお礼申し上げます。

機会がありましたら、またご一緒にお仕事したいです。

最後に、この本を手に取っていただいた読者様に感謝しております。

少しでも楽しんでいただけたならと、願いつつ筆をおきます。ありがとうございました。

華藤りえ

Novel 火崎 勇
Illustration DUO BRAND.
冷血な侯爵と
偽りの婚約者
他の女などいらない、
お前が手に入るなら
伯爵令嬢レオーナは、困窮する家計を助けるため、侯爵デミオンの偽婚約者になることに。親族からの縁談を断りたいというデミオンは、終始冷たく役目に必要なことすら話してくれない。だがレオーナは機転を利かせ、次々現れる親族の追及を振り切る。聡明な彼女にデミオンも心を許し始め、レオーナも彼の隠された顔を知り惹かれていく。「おまえは砂糖菓子のように甘いな」卑劣な罠から辛くも逃れた夜、二人の気持ちは急速に近付き!?
好評発売中！

Novel すずね凜
Illustration ウエハラ蜂
竜騎士は姫君に永遠の愛を誓う
幾たびの蜜夜を
何度でも達くといい。
乱れたあなたを見たい
デルネイド国の王女アルフォンシーヌは、異端の血とされるドラゴンアイの持ち主であった。そのため父からも忌まれ塔に幽閉されていた。彼女の護衛騎士となったイザークはその目を美しいと言い、永遠の忠誠を誓う。「いけません。そんな目をしては」月のない夜、密かに愛を交わし、互いを確かめあう二人。初めて知る悦楽と恋の喜びに浸るアルフォンシーヌだが、イザークが実は父が滅ぼした国の王子で自分の命を狙っていたと知り!?
好評発売中！

腹黒聖王様の花嫁は、ご辞退させていただきたく
Novel 小出みき
Illustration 氷堂れん
これ以上我慢できない。
今すぐ俺と結婚してくれ
民に崇敬される聖公爵エンデュミオン。ゾフィーは穏やかな彼が時折「サリエル」という横暴な人格に変わると知ったことで脅され側仕えにされてしまう。我が儘だが気のいいところもあるサリエルに親しみを感じたゾフィーは、聖公爵の姿は演技でサリエルこそが本性だとわかりショックを受ける。「すごく感じやすいんだな。可愛い」開き直った彼に押し倒され、戸惑いつつも溺愛される日々。しかし彼を利用しようとする勢力が迫り!?
好評発売中！

ガブリエラ文庫
gabriella

MSG-075

軍人公爵のかわいい花嫁
身代わりですが、初夜からとろ甘に愛されてます！

2019年2月15日　第1刷発行

著　者　華藤りえ　©Rie Katou 2019

装　画　yos

発行人　日向 晶

発　行　株式会社メディアソフト
〒110-0016　東京都台東区台東4-27-5
tel.03-5688-7559　fax.03-5688-3512
http://www.media-soft.biz/

発　売　株式会社三交社
〒110-0016　東京都台東区台東4-20-9　大仙柴田ビル2F
tel.03-5826-4424　fax.03-5826-4425
http://www.sanko-sha.com/

印刷所　中央精版印刷株式会社

華藤りえ先生・yos先生へのファンレターはこちらへ
〒110-0016　東京都台東区台東4-27-5
(株)メディアソフト ガブリエラ文庫編集部気付 華藤りえ先生・yos先生宛

ISBN 978-4-8155-2022-9　Printed in JAPAN

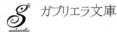